Écoute mon cœur

tempo+

ISBN : 978-2-74-851382-0

Janine Teisson

Écoute mon cœur

SYROS

Laurence m'a guidée dans l'univers des sourds avec tact, vigueur et humour. Sans elle je n'aurais pas pu écrire ce livre. Elle en est la marraine. Je la remercie de tout mon cœur.

Merci aussi à Hélène et à Richard.

6 avril 2002

Pourquoi j'ai vendu ma maison à des sourds? Eh bien justement, parce que je cherchais à la vendre depuis le décès de ma femme. Trois ans. Et chaque fois les gens la trouvaient trop bruyante. À cause de cette cochonnerie d'autoroute qu'ils ont construite juste là. Un jour une dame, après l'avoir visitée, m'a dit: «Monsieur, votre maison, elle est très jolie, pas chère, mais avec ce bruit, vous ne la vendrez jamais, ou alors à des sourds.» Ça a fait tilt dans ma tête. J'ai téléphoné à l'institut à Montpellier. À une époque, je passais devant tous les jours, en me rendant à l'hôpital pour voir Juliette, alors j'ai raconté ma petite affaire au directeur, et voilà. Une semaine après, la famille était là. Le petit sautait en l'air de joie. Ils ne parlaient pas, ne poussaient que des cris, mais je voyais bien que tout leur plaisait : le petit bois de chênes verts, le Vidourle qui coulait tranquillement en contrebas, le pré avec les taureaux, le figuier, l'olivette, tout !

Le monsieur a écrit sur une ardoise magique : « Cette maison nous intéresse. C'est possible de venir demain avec un interprète pour discuter ? »

J'ai pris le crayon et j'ai écrit : « OUI ».

Il a ajouté : « Demain 15 heures ? »

J'ai encore écrit : « OUI ».

Ils ont refait un tour dans la maison, dans le jardin, les champs. Je comprenais que la jeune dame appréciait la vue qu'on a des chambres du haut. Les grands arbres au bord du fleuve, l'eau qui semble immobile et de temps en temps un geai ou un autre oiseau qui frôle la surface. La maison est bâtie sur une hauteur, si l'on peut dire dans notre pays plat. Cette maison a été construite en 1776, par des ancêtres à moi. Nous y avons été heureux avec ma femme Juliette. À présent cette bâtisse est trop triste et trop grande pour moi seul, trop difficile à entretenir et un peu loin du village. Je préfère vivre dans mon petit appartement moderne, au-dessus de la boulangerie.

Les sourds sont revenus le lendemain avec leur interprète, Laurence, une charmante fille blonde, et nous avons discuté pendant plus de deux heures. Elle me traduisait leurs signes et traduisait mes mots. Et là, j'ai eu un drôle de sentiment.

Le père a commencé à «parler». Il faudrait dire «signer», mais ça ne me vient pas. Il me posait des questions. Ses mains dansaient, voletaient, elles griffaient l'air, tapotaient, passaient sur son visage, frappaient ses côtes, là, à droite, juste au-dessus de la taille.

Que disait-il?

En voix off, comme on dirait au cinéma, la traductrice – ils disent l'interprète – traduisait la danse, les mouvements saccadés, énergiques et soudain si doux, et le visage élastique que nous, les «entendants», dirions grimaçant, outré ou ridicule.

Que disait-il?

Je n'entendais plus l'interprète. J'étais obligé de la faire répéter, tellement j'étais fasciné par le mime de cet homme. De temps en temps sa femme aussi prenait la parole, si on peut parler ainsi, et le petit garçon touchait le bras de son père et «signait» à toute vitesse quelque chose qui les faisait rire tous les trois. Moi j'étais en dehors. Étranger. S'il n'y avait pas eu l'interprète, les mains de ces trois personnes, tantôt souriantes, tantôt sérieuses, auraient dansé pour rien, dans le silence, dans l'ignorance. Mon ignorance. Et pour eux ma voix ne servait à rien. J'étais assommé par cette révélation.

«Qui est le handicapé ici? C'est moi!» ai-je pensé. Je me suis senti anormal. C'était bizarre.

J'ai questionné l'interprète, elle m'a appris qu'il y a cinq cent mille sourds en France. Rares sont les sourds profonds qui parviennent à parler. Mais alors, pourquoi ne m'a-t-on pas appris leur langage? Je suis sûr qu'enfant j'aurais dansé des mains, de la bouche, des yeux et de tout le corps avec fougue, moi à qui l'on a tant dit: «Tais-toi!» Je suis sûr que tous les enfants adoreraient s'initier à ce langage aérien, secret, farceur, aussitôt effacé, eux qui ne vivent qu'au présent.

En rentrant chez moi, je pensais et repensais à ce que je venais de vivre, à la conversation inimaginable que j'avais eue avec cette famille. La jeune interprète m'a appris qu'elle est seule dans sa famille à entendre et qu'elle a appris la langue des signes au berceau. Elle m'a dit combien les sourds avaient de difficultés à se faire comprendre, partout, dans les administrations, à l'hôpital, au travail, dans les magasins. S'il faut régler quelque chose de précis, ils doivent être accompagnés par un interprète. Alors, comment fait-il, le sourd qui a un accident et que le SAMU emporte, pour dire : « J'ai une maladie cardiaque, appelez ma femme à tel numéro » ? J'étais contrarié. J'ai pris entre mes doigts une petite pilule pour le cœur. Je pensais que si je m'énervais encore, j'en aurais besoin. Je ruminais tout en montant la côte : « Quand je pense que j'ai appris l'anglais pendant des années au collège et que je n'ai parlé, dans ma vie, qu'à deux ou trois Anglais ! Presque tous les fonctionnaires savent dire "Bonjour", "Quel est votre problème ?" et "Remplissez ce formulaire" en anglais, je suppose, mais pas en sourd ! Et l'autre jour la Ginette m'a montré cette encyclopédie du langage des animaux. Ah ça alors ! Avec des croquis et tout !

Le langage des chiens ou des cochons d'Inde, on veut bien l'apprendre, mais celui des humains, qui ça intéresse? Ça y est, je la prends, la pilule.»

J'ai ruminé cette rencontre pendant des jours. Je revoyais le père, debout dans le jardin, dessinant ses mots sous le regard intense des trois autres, devant mon air hébété, sûrement. De temps en temps il allait trop vite, il s'excusait auprès de la jeune interprète, il reprenait, concentré.

J'ai raconté tout ça à Maurice, mon ami, celui qu'on appelle au village le «poète de la rue Rompecul».

Il est resté rêveur, il s'est gratté longuement le menton puis il a dit:

– Paulou, tu aurais rencontré des extraterrestres que tu ne serais pas plus tourneboulé!

– À mon âge, je me trouve complètement idiot de découvrir les sourds alors qu'ils existent depuis toujours! Mais comment ai-je pu être aussi ignorant?

– Oui, a-t-il répondu, le pire, dans l'ignorance, c'est qu'on l'ignore.

Il a le don de me faire rire, Maurice, surtout quand il est sérieux.

Paris, institut Saint-Jacques. 12 avril 1866

Monsieur, Madame,

Après trois mois passés dans notre école, voici des nouvelles de votre fils Jean. Bientôt il écrira sans mon secours car ses progrès sont d'une rapidité qui étonne tous les professeurs et en particulier notre directeur, monsieur Morel.

Je voudrais avant tout louer la bonté et la patience avec lesquelles vous avez élevé cet enfant. Il a huit ans à peine et, arrivé ici, il savait déjà écrire une cinquantaine de mots. Seuls les enfants de la noblesse, éduqués par un précepteur attaché spécialement à leur service, atteignent ce niveau en étant profondément sourds. Je sais par votre fils que son précepteur a été sa sœur aînée. Qu'elle soit remerciée et louée d'avoir compris que la parole n'est pas l'unique marque de l'intelligence, que la pensée peut aller directement au mot écrit, et que notre langage gestuel peut exprimer toute pensée, même celle du divin, comme l'ont démontré nos maîtres.

Si votre fille, Mariette, voulait bien nous écrire une lettre expliquant comment elle a éveillé l'intelligence de son frère et comment elle a procédé pour lui donner autant de connaissances, nous lui en serions reconnaissants car des enfants de plus en plus jeunes arrivent à l'institut et nous avons conscience qu'il nous faut inventer d'autres méthodes pour éduquer de si jeunes enfants. Étant sourd moi-même, je sais combien une méthode claire peut accélérer les progrès.

Voici ce que votre fils tient à vous écrire:

Chers père et mère, ma chère sœur,

Les premiers mois à l'école ont été difficiles. Je mesure combien vous m'avez choyé à ma difficulté à vivre dans un dortoir froid où dorment cinquante enfants, entre des murs épais et gris, en mangeant une nourriture qui me fait soupirer deux fois par jour après nos bons repas en famille. Heureusement il y a nos professeurs qui sont très patients, qui savent si bien nous transmettre leur savoir tant avec leurs mimes qu'en écrivant. Je sens mon cerveau et mon cœur se développer. Parfois j'apprends tant de choses en un jour que mon esprit est aussi fou de joie qu'un cheval qu'on libère de son écurie sombre et qui galope sous un ciel bleu. Monsieur Chassou, mon professeur, m'assure que j'écrirai la prochaine lettre moi-même. Si Mariette veut me coudre une veste bien chaude, je lui en serai reconnaissant, car je ne peux aller en promenade le dimanche tant je grelotte. Il la faut bleu marine. Merci maman pour les bons gâteaux secs aux amandes. Malheureusement, je n'en ai mangé que trois car je dois les partager avec mes camarades. Père, s'il vous plaît, donnez-moi des nouvelles de mon petit chien Foufou.

Je vous embrasse de tout mon cœur. Que Dieu vous garde en bonne santé.

Victor Chassou, professeur,
pour Jean Peyre, élève de niveau 1.

Mai 2002

Maintenant je fais ma balade au bord du Vidourle presque chaque jour. Je vais les saluer, les sourds. J'ai appris à dire «Bonjour, comment ça va?» dans leur langage. Je m'habitue à leurs gestes, à leurs grimaces. Je ne comprends pas ce qu'ils disent mais ça ne fait rien, on se sourit. La première fois, j'ai appuyé sur leur sonnette au moins six fois, je n'entendais rien. Antoine est venu m'ouvrir et son père m'a montré la sonnette lumineuse. Ça s'allume dans plusieurs pièces à la fois. C'est drôlement malin! J'ai réalisé alors que tout ce qui est sonore chez nous doit être converti en quelque chose de visible pour eux. Le plus fort c'est le téléphone. Il n'y a pas de sonnerie, bien sûr, elle est remplacée par des flashes lumineux et la jeune dame m'a montré en riant qu'il y en avait dans toutes les pièces et même dans les toilettes.

J'ai emmené le petit garçon voir la manade[1]. Pour ça aussi, c'est pratique qu'ils soient sourds parce que le soir, quand les taureaux se mettent à mugir, celui qui n'a jamais entendu ça, ses cheveux se dressent sur sa tête. Eux, ils ont les bêtes pratiquement sous leurs fenêtres et, au milieu de ce concert préhistorique (comme dit Maurice), ils continuent leur petit train-train.

La première fois que nous sommes allés tous les deux apporter le pain sec aux taureaux et qu'ils sont arrivés lentement, noirs, tout cernés d'or roux dans le soleil couchant, avec leurs belles cornes en forme de lyre, le petit était comme paralysé. Pas de peur, non, c'était comme s'il éprouvait quelque chose de très fort, mais quoi? Comment savoir? Il ne peut pas parler.

Maintenant il vient avec un crayon et un papier. Il est fort pour dessiner les taureaux, cet enfant!

1. Manade : troupeau, élevage de chevaux et de taureaux camarguais. Le manadier ou la manadière sont les propriétaires d'une manade.

Il m'a appris à signer «taureau» et «herbe» et «fleuve». Comme je révisais ces signes sur le chemin du retour, en mettant mes doigts en forme de cornes sur ma tête, ou en zigzaguant pour mimer le courant, Clément Bagnols, qui passait à vélo, m'a fait signe que j'étais fou.

Hier le petit m'a offert une demi-feuille avec un taureau noir sur un fond bien vert et la petite barrière derrière. C'est beau! Je l'ai mis sur le buffet de la cuisine. J'étais ému parce que ce petit, non seulement il sait bien dessiner, mais en plus il a saisi la beauté de ces bêtes sauvages, le calme du pré, le côté antique, tout y était. On n'avait plus qu'à rentrer dans son tableau. Il signe en bas à droite: *Antoine.*

20 septembre 1866

Chers parents, chère ma sœur,

Regarde tous mon écriture. Elle ne pas encore trop bonne mais monsieur Chassou dit moi écrire vous pour montrer.

J'appris épeler le français avec les mains. On dit : français manuel. Grands progrès je fais.

Je passer en deuxième niveau. Je suis plus jeune de tous. Neuf ans demain (9). Je compris le voyage de notre village à Paris coûte cher. Je être courageux. Pour mes dix ans ira vous retrouve ?

Soyez en bonne santé. Merci ma sœur des lettres je lis. Bel dessin.

J'embrasse tous. Caresse mon chien.

Jean.

27 mai 2002

Au village, les gens sont partagés. Ceux qui critiquent toujours tout disent que « ces gens-là » sont bizarres, que leurs gestes sont ridicules, qu'ils ont l'air débiles, qu'ils sont imprudents de laisser leur garçon aller au village à vélo, qu'un jour ou l'autre il va se faire écraser par une voiture. Et en plus on dira que c'est la faute de la voiture ! La boulangère, pas l'ancienne qui était si aimable et élégante, non, une nouvelle, habillée à la va-comme-je-te-pousse, grincheuse du matin au soir, celle-là l'a renvoyé sans le pain mercredi dernier, le petit ; il avait égaré sa liste de courses et elle a refusé qu'il passe derrière le comptoir pour montrer ce qu'il voulait. Elle a dit qu'il allait toucher le pain avec le doigt et que c'était pas hygiénique. Je te lui ficherais des coups de pied au derrière à cette ogresse, elle verrait si c'est hygiénique !

L'autre jour, elle parlait avec le grand Poucat et ils disaient que « ces gens-là » il faudrait leur interdire de faire des enfants. Le coquin de sort m'a pris, je sentais que je devenais rouge, il fallait vite que je trouve mes petites pilules pour le cœur. Je les ai avalées, hop ! Le grand Poucat était parti et je n'ai rien dit, finalement.

Je suis lâche. Je ne suis pas fier. Pourtant, à mon âge, qu'est-ce que je crains ? Si je dis ce que je pense et qu'on me tape dessus, ce ne sera pas une grande perte. Bon, c'est décidé, à partir de maintenant je dis ce que je pense, tout ce que je pense ! J'en ai marre que ce soit toujours les minables qui parlent plus fort que les autres !

Le 6 juin 1867

Mes chers parents,

Je vais vous raconter quelque chose d'extraordinaire qui nous est arrivé hier.

Monsieur Chassou a emmené à l'Exposition universelle les douze meilleurs élèves de notre classe. J'y étais. Très fier. Partis tôt, nous avons vu d'innombrables merveilles que je vous décrirai quand je serai parmi vous, le 4 juillet, mais il faut que je vous décrive l'incroyable scène dont nous avons été témoins.

Nous rentrions de l'Exposition, en fin d'après-midi, tous les douze avec monsieur Chassou et monsieur Guelvic, qui avait tellement admiré les locomotives à vapeur, quand soudain, grand mouvement de foule. Nous voyons arriver la garde à cheval en grand uniforme et notre empereur Napoléon III dans sa calèche dorée. Le tsar Alexandre II était à ses côtés ainsi que les deux grands-ducs, ses fils, dans leurs uniformes chamarrés. Derrière, dans une autre calèche : l'impératrice Eugénie et le roi de Prusse. À peine ai-je eu le temps de penser : « Qu'elle est belle, notre impératrice ! » qu'il se passait quelque chose de terrible. Galopades, bousculades. Un cheval de la garde agonisait près de la calèche impériale, un jeune homme était arrêté, le pistolet à la main, les yeux fous, battu par la foule, et dans la calèche le tsar et ses fils étaient debout, éclaboussés de sang. L'empereur leur a parlé et avec un sourire s'est tourné vers la foule pour la rassurer : ils n'étaient pas blessés. Seulement tachés par le sang du cheval. Là j'ai très bien vu le visage plein de bonté de notre empereur et son air triste. Je ne l'oublierai jamais.

Il paraît que l'assassin est un Polonais. Voilà mes chers parents ce que votre petit Jean a vu !

Vous avez compris que j'ai dicté mon récit à monsieur Chassou, il l'a écrit et je n'ai fait que le recopier car je suis encore trop énervé et trop ignorant pour écrire cela sans fautes.

À bientôt mes chers parents. Je suis si heureux à l'idée de vous retrouver!

Mariette, rappelle à nos parents qu'ils m'ont promis d'aller voir le raseteur[2] *Belmain aux arènes de Vauvert. Fais souvenir aussi à notre oncle qu'il doit nous emmener passer une journée en Camargue chez monsieur Yonnet, le manadier. Je voudrais tant monter à cheval et galoper dans l'eau! Je voudrais voir s'envoler une avocette avec son bec courbe, comme quand j'étais petit.*

Je vous embrasse.

Votre Jean.

2. Raseteur: dans l'arène, vêtu de blanc, à l'aide d'un crochet il tente d'enlever les ficelles placées entre les cornes d'un taureau.

14 juin 2002

L'été arrive, c'est bientôt la fête au village.

Je vais souvent visiter mes amis sourds. J'essaie de ne pas m'imposer, mais ils ont l'air tellement contents de me voir que tant pis, je reste ! Ils ont modifié pas mal de choses dans la maison. C'est drôle, elle a l'air plus grande toute peinte en blanc, pourtant ils n'ont quand même pas poussé les murs ! Au début je me demandais à quoi ça servait d'ouvrir une grande fenêtre entre la cuisine et le salon, et deux fenêtres de plus sur l'extérieur, et d'agrandir le fenestron de la salle de bains, et tous ces miroirs partout, mais maintenant j'ai compris ! Ils ne peuvent pas comme nous crier à travers les murs. Pour communiquer, ils doivent se voir, donc pour dire «Vous voulez des cornichons avec le rôti?» ou «Rentrez, il fait froid maintenant!» il faut des fenêtres, plein de fenêtres!

J'ai réalisé quelque chose de terrible, c'est que dans le noir deux sourds ne peuvent pas se parler. Il faudra que je demande à monsieur Fournet comment ils font... Oh! il va me répondre par une plaisanterie, je vois ça d'ici! Il est toujours en train de rire, cet homme!

Antoine m'a appris à dire «soleil, chaud, demain, manger, au revoir»; je m'entraîne devant ma glace.

J'explique à Antoine que l'été est le temps des jeux avec les taureaux. Mais expliquer, quand on ne connaît que dix mots de la langue de quelqu'un, ce n'est pas facile. Je baragouine avec les mains, je gesticule et Antoine finit par éclater de rire tellement je suis ridicule. En plus, je pense qu'avec mes gestes désordonnés, je dois dire des choses absurdes. Ça me fait penser à ce curé belge en Afrique, qui croyait parler parfaitement la langue des gens de sa paroisse et qui s'étonnait de les voir si nombreux à la messe du dimanche et si réjouis! Il apprit, bien plus tard, qu'il prononçait mal les mots et en particulier, au lieu de «notre seigneur», il disait quelque chose qui ressemblait plutôt à «mes fesses» et tous les dimanches il répétait avec conviction: «gloire à mes fesses» «bénissez-nous mes fesses» «mes fesses ont souffert pour vos péchés» et les gens faisaient des kilomètres pour assister au spectacle le plus comique qu'on ait jamais vu dans la brousse!

Je suis allé chez eux pour recopier sur l'ordinateur ce que je voulais transmettre à Antoine sur nos traditions taurines. La théorie, comme dit Maurice. De taper comme ça sur le clavier avec un doigt, avec la jeune femme qui lisait sur mon épaule, ça m'a fait penser à l'époque où je préparais le concours de la Poste et où j'apprenais avec Juliette à taper à la machine à écrire. Elle se penchait sur moi, me prenait la main. Ce moment de douceur est remonté d'un seul coup, comme si je l'avais vécu hier. C'était il y a quarante ans...

Je me suis repris et j'ai écrit:

«Les taureaux, nous ne les tuons pas dans une arène, comme en Espagne, non, nos jeux avec les taureaux ressemblent à ceux que pratiquaient les Crétois, il y a quatre mille ans. Le petit taureau nerveux, noir, avec ses cornes en forme de lyre, est originaire de Camargue, nous l'aimons et nous le faisons sortir de son pré ou des marais quelques mois en été pour l'entraîner dans nos fêtes, puis il retourne, tranquille, avec les siens, le reste de l'année. Nous lui laissons sa liberté. Nous ne l'aimons que libre. C'est toujours un animal sauvage, même si maintenant son territoire est limité. »

La jeune femme a tapé « Corrida ? »

J'ai répondu : « Non, nos jeux n'ont rien à voir avec la corrida. Certains taureaux vedettes peuvent revenir dix-huit étés de suite dans l'arène. Plus ils connaissent les hommes et prennent plaisir à leurs jeux, plus nous les apprécions. Quand ils meurent, nous les enterrons debout, par respect. Contrairement aux amateurs de corrida, nous apprécions l'intelligence des taureaux et leur savoir-faire. Si vous voulez, je vous emmènerai voir une belle course cet été. »

La jeune femme a écrit : « Avec plaisir, monsieur Castan. »

Paris, 4 avril 1869

J'ai bien reçu vos lettres, mes chers parents, et ton petit paquet, ma chère sœur. Comme il est bon de se sentir aimé quand on est si loin ! Je me sens plus seul que d'habitude car mon maître préféré, monsieur Chassou, est parti en Amérique pour travailler à l'université nationale des sourds-muets. Comme je suis malheureux ! Il m'a laissé en souvenir sa longue vue. Il m'a promis que ma vie serait belle et a pleuré en me quittant. Je ne pensais pas un jour être apprécié par un homme d'une aussi grande valeur. Je suis à l'institut depuis deux ans à présent. Avec mes onze ans, je suis toujours le plus jeune de ma classe mais Edgar de Cahuzec, un garçon de treize ans, est mon ami et nous rions beaucoup pendant le moment de détente qui nous est autorisé, dans le beau jardin de l'école. Savez-vous qu'il y a, au centre de la cour pavée, un orme immense ? Avant-hier nous étions six élèves à nous tenir la main pour en faire le tour. Cet arbre a dû connaître des événements historiques. Edgar a décidé d'en écrire l'histoire. Je travaille les mathématiques et mon professeur me dit que je pourrais faire encore mieux. Je m'efforce de travailler toutes les matières de mon mieux. Nous avons aussi des ateliers de menuiserie, d'imprimerie, de mosaïque. Celui que je préfère est l'imprimerie. Mariette l'aurait deviné ! Voici un an que je vous ai vus, mes chers parents, ma tendre sœur, et il faudra attendre encore un an pour vous serrer dans mes bras. Merci d'avoir mis un peu de thym dans l'enveloppe. Je l'ai frotté entre mes paumes, j'ai fermé les yeux et c'était comme si je retournais en promenade dans la garrigue. J'ai bien gardé aussi la violette de mars. Tu te souviens, Mariette, du lapin que Foufou a fait fuir derrière le moulin ? Le moment où nous retournerons ensemble voir les taureaux me paraît bien loin !

Je suis content de savoir que Foufou est un bon gardien et suit bien père à la chasse. Parfois j'aimerais être à sa place et gambader dans les champs sans entraves.

Je vous embrasse et espère que vous êtes tous les trois en bonne santé.

Jean.

22 juin 2002

Hier soir Maurice m'a invité à manger une brandade délicieuse. Je lui ai raconté toutes ces choses nouvelles que je découvre chez les sourds.

Il m'a regardé en se grattant le menton comme il fait toujours et il a dit :

– À ton avis, est-ce qu'on hésite avec les mains ? Est-ce qu'on bafouille avec les mains ? Peut-on mentir avec les mains ? Les mains sont-elles poètes ? Y a-t-il parmi les sourds des êtres qui portent leur langue au sommet de son élégance, sur le fil extrême de la grâce et de l'émotion ? Des artistes ?

Qu'est-ce que je pouvais répondre ? J'ai seulement murmuré :

– Je n'en sais rien.

Il est resté silencieux un moment et puis :

– Je vais te dire deux choses, Paulou.

Oh ! là, là ! quand il commence comme ça, c'est qu'il a tourné et retourné ses pensées dans sa tête, et ça peut faire une sacrée mayonnaise.

– La première chose, c'est que ça s'est jamais vu une amitié entre l'ancien propriétaire d'une maison et les nouveaux...

– Ça s'est jamais vu ? Eh bien maintenant ça se voit ! Tu crois que ça m'impressionne ce qui s'est jamais vu ? Je m'en fous pas mal ! Et la deuxième chose ?

– La deuxième, c'est que tu t'attaches trop à ce gamin.

– Qu'est-ce que ça veut dire « s'attacher trop » ? Je suis trop collant ?

– Mais non, tu sais très bien ce que je veux dire, Paulou. Après, tu vas être malheureux et qui c'est qui t'écoutera pleurer ? Hein ?

– Mais pourquoi veux-tu que je sois malheureux ?

– Tu le sais pas encore à ton âge que quand on s'attache à un enfant, à une femme ou même à un animal, on finit toujours par être malheureux ?

– Et si ça me plaît, d'être malheureux ?

Maurice se frottait le menton. Il est incroyable cet homme ! Toute sa vie il est resté au milieu du carrefour, sans savoir s'il devait aller à gauche ou à droite. Pour se lancer, il aurait voulu être sûr que l'une des directions était nettement meilleure que l'autre. Mais on n'est jamais sûr. Il est resté là, comme un cornichon, sans pouvoir choisir. Il a laissé couler la vie de peur de se tromper. De peur de souffrir. Parfois il m'énerve mais il sera toujours mon ami. Il faut dire que la seule fois où il a pris une décision sans réfléchir, c'était pour me sauver la vie.

On était jeunes, onze ou douze ans. Un matin de juin, j'ai dit : « Allez ! l'eau s'est réchauffée, on va s'entraîner à plonger au Vidourle. » Je plonge le premier vers le gué de Villetelle et je ne remonte pas. Quelqu'un avait jeté dans le fleuve une vieille machine agricole. Le fer de la herse m'avait traversé la cuisse. Accroché au fond, évanoui de douleur, je me noyais. Il a plongé tout habillé alors qu'il était frileux comme tout, il m'a décroché de là en y mettant toutes ses forces, il m'a ramené sur la rive, m'a fichu trois ou quatre paires de claques pour me « dénoyer », m'a serré la cuisse avec sa chemise et m'a porté sur son vélo jusque devant chez le médecin du village. Voilà pourquoi Maurice sera toujours mon ami. Je crois qu'il a eu très peur de me voir mourir ce jour-là. C'est vrai qu'il est « coincé », comme dit mon amie Sophie, mais de temps en temps il fait des blagues et il rit comme un enfant. Alors moi je le supporte comme il est...

Lettre par ballon monté

Octobre 1870

Mes chers parents,

Cette petite lettre qui ne fait pas plus de cinq grammes, sur ce vilain papier pelure, sera emportée en ballon jusqu'à vous. Si vous la lisez, cela veut dire que les aéronautes n'ont pas été obligés de jeter les sacs de la Poste sur les Prussiens, comme ils l'ont fait plusieurs fois, pour que leur ballon troué par les balles ennemies s'élève.

Nous sommes assiégés dans Paris. Plus personne ne rentre dans la ville, seuls des ballons en sortent, mitraillés par les soldats prussiens qui nous encerclent. Hier monsieur Gaston de

Cahuzec, enfermé dans Paris, est venu visiter son neveu. Il nous a emmenés Edgar et moi sur la place Saint-Pierre, à Montmartre, voir gonfler au gaz les ballons de monsieur Nadar. Si dans le ciel ils paraissent petits, à terre ils sont hauts comme des immeubles !

Je n'ai pas eu de lettre de vous depuis deux mois. C'est long ! Mais ne vous inquiétez pas pour moi. Nous avons moins de cours à cause de la guerre et monsieur Rial, le cuisinier, nous embauche à tour de rôle pour tirer la charrette de nourriture que nous devons aller chercher vers les fortifications. Même si nous avons un peu froid, dans les rues, avant que le soleil se lève, nous nous amusons bien. J'espère que vous allez bien. Je me fais du souci pour vous. J'espère que la guerre cessera bientôt et que j'aurai de vos nouvelles.

Je vous embrasse très fort.

Votre Jean.

29 juin 2002

Les gardians[3] sont venus à cheval trier, parmi le troupeau, les bêtes qui participeront à la fête, dimanche. Je suis accoudé à la barrière, je les regarde, sur leurs chevaux blancs, le trident à la main, grouper le troupeau, puis isoler en douceur une bête et la conduire au galop jusqu'à la petite arène que nous appelons « bouaou ». Ensuite elle entrera dans le camion que nous appelons « char », pour être conduite avec les autres au village. De loin, cela semble facile, mais il faut que les cavaliers soient dans le rythme de la bête et qu'ils accélèrent brusquement. Rien ne doit leur

3. Les gardians effectuent, le plus souvent à cheval, le travail de surveillance et d'entretien de la manade. Ils sont bénévoles.

échapper. Une seconde d'inattention et la bête s'enfuit pour rejoindre le troupeau ; le travail est alors à recommencer. Depuis plus de soixante ans, je m'émerveille de ce spectacle. Le contraste entre les chevaux blancs et le noir parfait des taureaux, la ruse tranquille des cavaliers, leur savoir-faire face à la nervosité des jeunes bêtes, ce ciel si limpide, tout m'émeut. Devant ce spectacle, je suis et resterai toujours un enfant.

Je sens sous mon bras une poussée. C'est la tête d'Antoine. Il est là, comme moi, les yeux rivés sur le groupe de cavaliers. Depuis combien de temps est-il ainsi à mes côtés ? Je ne l'ai pas entendu venir. Je deviens sourd, moi aussi ?

Qu'est-ce qui se passe ? Laurent, l'un des cavaliers les plus capables, galope vers moi. Il tient à la rêne Minus, le petit cheval de Jeannot.

– Paulou, un petit veau est tombé, là-bas, près du talus. Il ne se relève plus. On ne sait pas trop ce qu'il faut faire, Bertrand n'est pas là... Tu peux venir ?

– J'arrive.

Je passe sous la barrière, Laurent me donne les rênes et repart au petit trot. Je mets mon pied à l'étrier. Toutes mes articulations craquent. Je pétille comme un feu de bois. Ça y est, je suis à cheval, bien calé dans la selle gardiane. Je ne suis pas monté depuis au moins quatre ans. Mon Dieu que c'est bon ! Même si le cheval est petit, tout est changé. Ceux qui ne sont jamais montés à cheval ne peuvent pas comprendre. À cheval, on regarde le monde de haut, on a la vitesse, la puissance, ce cœur énorme qui bat pour nous. En bas, Antoine a le visage levé vers moi. Comme il me regarde ! Je comprends ce qu'il y a dans ses yeux. Je me penche. Pourvu que je ne me casse pas la figure, raide comme je suis ! Je lui tends la main. Holà ! qui eût cru que j'étais encore capable de faire ça ? Voilà Antoine assis sur la croupe de Minus, serré contre moi. Au pas. Je ne veux pas risquer de nous escagasser tous les deux, même s'il n'y a pas plus doux et obéissant qu'un cheval de Camargue !

Les gardians sont à pied, autour d'un veau couché que Jeannot et Rachid maintiennent. Antoine glisse à bas du cheval, le visage illuminé de joie. Je descends beaucoup moins souplement.

– Qu'est-ce qu'il a, ce veau ?

– C'est Paco, un fils de Roméo. C'est pas de chance. Il a glissé sur le talus, on dirait qu'il a quelque chose de cassé à l'épaule.

– Faites-moi voir ça.

Suivi d'Antoine je m'approche du veau. Je m'agenouille. Je tâte la patte avant qui pend. Je remonte le long de l'os, lentement. Je tâte l'épaule.

– Non, il n'y a rien de cassé. L'épaule est déboîtée, c'est tout. Laurent, tiens-lui l'autre patte, comme ça. Regardez, je mets ma main là, dans ce creux, à trois vous poussez dans ce sens et on remet tout ça en place. D'accord? Un, deux, trois!

Un craquement infime et le veau est déjà sur pied, il galope vers le troupeau. Antoine rit en renversant la tête en arrière. Sébastien, un nouveau, m'aide à me relever. Rachid me regarde comme s'il ne m'avait jamais vu alors que nous habitons la même rue.

– Félicitations, m'sieur Paulou!

Je suis épuisé, mais ces jeunes en me demandant mon aide ne se sont pas rendu compte du cadeau qu'ils me faisaient. Bien sûr que j'en ai soigné des veaux, des taureaux, des chevaux, mais de nouveau être là, dans le vent frais du matin, parmi ces jeunes, dans l'odeur de sueur des chevaux, le fort parfum des taureaux, ah ! quel bonheur ! Antoine glisse sa main dans la mienne. Je suis heureux pour lui aussi. Qu'il sache que je ne suis pas seulement le papé qui regarde les taureaux de loin.

Nous revenons vers la barrière, à pied. Il commence à faire chaud. Tout est bien. Mon cœur chante, comme disait Juliette.

Nous croisons le gros Gavat dans le chemin.

– Alors, tu as emmené ton extraterrestre voir les taureaux ?

– Ferme-la, imbécile !

Antoine me regarde du coin de l'œil. Il s'est assombri. Sa main se crispe dans la mienne. Qu'est-ce qu'il comprend ? Je suis sûr qu'il sent quand les gens sont hostiles. Est-ce qu'il peut imaginer, innocent comme il est, combien les gens peuvent être prompts à mépriser, à démolir ceux qui sont différents ? Apprendra-t-il cela plus tard ? Quel scandale ! À imaginer toute cette méchanceté, il me vient un désir d'écrabouiller, de castagner ! Mes pilules, vite !

Je m'assieds sur un muret. Je fais comprendre à Antoine que mon cœur bat fort. Il pose sa main sur mes côtes, à gauche. Il est attentif. Il sent sous sa paume mon cœur qui s'emballe. Ça y est, ça va mieux.

Lettre par ballon monté

4 décembre 1870

Mes chers parents, ma chère sœur,

C'est la troisième lettre que je vous envoie par ballon. Je ne sais si vous les recevrez toutes car il paraît que de nombreux ballons sont abattus par l'armée prussienne. Nous avons perçu plusieurs jours de suite les vibrations de la bataille. Une petite lettre comme celle-ci coûte cher, mais comme les épiceries sont vides, je ne peux plus dépenser les sous que vous m'aviez donnés pour acheter des raisins secs ou des amandes, alors je mets mon argent dans l'achat d'un timbre en espérant vous apporter un peu de joie.

Notre cuisinier nous donne pour mission d'attendre pendant des heures à la porte des magasins avec nos cartes pour obtenir quelques grammes de viande ou de pain pour l'institut. Il fait froid. Mais ne vous inquiétez pas, monsieur Guelvic, notre vieux concierge, nous a confectionné des bottines en toile imperméable et nous entoure la poitrine de journaux, ce qui empêche le vent de nous transpercer. Il fait noir dans les rues, depuis une semaine il n'y a plus d'éclairage au gaz. Dans les longues files d'attente, les femmes habillées en noir grelottent. Il n'y a plus de lait pour les enfants. À l'atelier de menuiserie, nous avons beaucoup de commandes de petits cercueils. Je ne devrais pas vous écrire cela, mais tout est si triste ici, vous me manquez tant ! Heureusement que nos maîtres nous entourent bien ! Monsieur Lecomte, notre professeur de gymnastique, affirme que les armées de Gambetta nous délivreront bientôt.

Nous mangeons une fois par semaine de la viande, pâté de rat ce dimanche, chat en gibelotte dimanche dernier. Le chien est très bon, mais on n'en trouve plus. Surtout, ne dites pas cela à Foufou !

Vous voyez que j'ai encore l'esprit à rire. Ne vous inquiétez pas pour ma santé, mais priez pour que la guerre s'arrête.

Je vous embrasse très tendrement.

Jean.

4 juillet 2002

Antoine m'a donné un signe. C'est comme un baptême tardif, pour moi, comme «Cheval fou» ou «Tonnerre grondant», les noms apaches ou sioux qui disent quelque chose de la personne, de son caractère, de ses manies. Seulement, pour moi, Antoine a choisi «Celui dont le cœur bat fort». Avec le poing serré, il frappe à gauche contre son cœur. Madame Fournet m'a expliqué que le poing serré, si on le place sous le menton, veut dire «vieux». Est-ce que mon signe veut dire «Celui dont le vieux cœur bat fort» ou «Le vieux dont le cœur bat fort»? Je n'en sais rien. Ça revient au même.

Je lui ai promis de l'emmener ce soir sur notre place transformée en arène, voir le «taureau piscine». C'est un jeu réservé aux jeunes.

La soirée est chaude, les gradins en bois sont couverts de monde. Antoine regarde attentivement les enfants qui mangent de la barbe à papa, je lui demande par geste s'il en veut une, il me fait signe que non, me montre ses dents et m'explique quelque chose. Je crois comprendre que ses parents ne veulent pas qu'il mange de sucre. Il sourit. Je lui montre du doigt la porte du toril qui s'ouvre. Ce bruit que tout le monde attend, lui ne l'entend pas. Le premier taureau arrive à toute vitesse sur ses pattes fines. Il gratte le sol de son sabot. Antoine est penché en avant. Il observe avec une intensité que n'ont pas les autres enfants. De temps en temps, il me regarde, je lui fais signe que tout ce qu'il voit est normal, qu'il n'a pas à avoir peur. Les jeunes de plus de quatorze ans sont là pour essayer de faire sauter le petit taureau dans une piscine improvisée faite d'une bâche posée sur des ballots de paille, remplie d'eau. Celui qui parvient à entraîner l'animal dans l'eau gagne quelques euros. La bête, énervée par les gesticulations des jeunes, leur court derrière. Garçons et filles plongent dans l'eau, mais le taurillon s'arrête net. Raté ! Tout le monde rit. Il faut que les jeunes gens s'approchent plus près du taureau, presque à le toucher. Cela demande un courage particulier. Ils recommencent à appeler le taureau jusqu'à ce qu'enfin l'animal traverse la piscine en piétinant quelques jambes. J'ai été piétiné moi-même quand j'étais jeune. Les sabots fendus pincent la peau et ces jeunes gens si agiles, qui lèvent vers nous leur visage hilare, vont se réveiller demain couverts de bleus et pleins de courbatures. Je voudrais expliquer cela à Antoine mais je ne peux pas. Il est fasciné par ce qu'il voit. Il rit, il applaudit, il a peur, il pousse des cris qui retentissent parfois à contretemps dans l'arène. La nouvelle boulangère sur les gradins de droite lui jette des regards réprobateurs, alors je lui fais un geste de la main d'un air de dire : « Ferme ta boîte à camembert et occupe-toi de tes affaires ». Elle est scandalisée, on dirait une poule qui a avalé un marron d'Inde. On fait entrer un très jeune taureau pour les enfants de moins de quatorze ans, Antoine veut lui aussi descendre et jouer avec le veau. Il ne se rend pas compte qu'il faut une grande habitude pour ne pas se faire renverser dès la première minute.

Il faut que j'apprenne à Antoine comment se conduire avec les taureaux, il est tellement passionné qu'il va finir par les approcher et ce serait dangereux. Mais comment lui expliquer que lorsqu'un taureau nous rattrape et nous pousse au dos avec son mufle, il faut se jeter par terre et ne plus bouger? Le taureau va renifler ce corps mort, lui donner quelques coups de sabots, mais pas plus, puis il va se détourner. Je suis encore capable de grimper sur un cheval nain mais me jeter par terre pour lui faire comprendre ça, non, on me ramasserait à la petite cuillère!

Antoine me tire par la manche, me montre le veau. Il l'a reconnu. Oui, c'est Paco! Ha, ha! il est nerveux le gaillard, digne de son père, on dirait!

Lettre par ballon monté

7 janvier 1871

Mes chers parents, ma chère sœur,

Je n'ai même pas reçu un mot de Noël ni une carte pour la nouvelle année venant de vous. Nous ne sommes pas allés à la messe de minuit à Noël. Il faisait moins 15 degrés. Nous avons eu, comme repas de fête, une patate nageant dans de l'eau chaude parfumée aux herbes et ce que l'on appelle du pain. Quelque chose de noir, de pâteux, plein de saletés. Nous n'avons presque plus de bougies. La veillée de Noël ressemblait à une veillée mortuaire. La vie est triste. La neige tombe sans arrêt. On dirait que la ville agonise. Beaucoup de mes camarades sont malades. Il n'y a plus de chauffage à l'institut. Les petits morceaux de bois que nous obtenons avec des tickets servent à la cuisine. Plus de viande aux repas. Pourtant, on raconte que les deux éléphants du Jardin d'Acclimatation ont été abattus et achetés par un boucher pour 27000 francs. Un demi-chat vaut déjà 6 francs, monsieur Rial nous demande de cesser d'espérer que nous aurons un seul morceau d'éléphant dans nos assiettes.

À part les dromadaires, les antilopes et le yack mangés aussi par les riches Parisiens, je dois vous parler des pigeons voyageurs qui partent en ballons et reviennent à Paris avec des messages secrets. On dit que l'un des meilleurs éleveurs de pigeons voyageurs est un sourd, ancien élève de l'institut. Avec mes camarades, nous en sommes bien fiers et espérons rencontrer cet homme quand la guerre sera terminée.

Depuis le 5 janvier, les Prussiens nous envoient des bombes sur la tête. Nos murs en ont tremblé plusieurs fois. Monsieur Guelvic dit que nous allons vers la défaite, que l'empereur est perdu et qu'il vaudrait mieux nous rendre que de nous faire tuer pour rien.

J'espère que quand vous recevrez ma lettre, ce cauchemar sera terminé. Je vous espère tous trois en bonne santé. Permettez-moi de venir vous voir à Pâques, s'il vous plaît, je suis si malheureux loin de vous!

Je vous embrasse.

Jean.

10 juillet 2002

Hier, quand je suis arrivé, Antoine installé sous la tonnelle dessinait. Il avait déjà préparé pour moi un dessin, presque identique à celui qui est sur mon buffet, mais là le noir du taureau ne se découpait pas sur du vert mais sur l'herbe jaune clair, fine et haute qui lui arrivait jusqu'au poitrail. Je me suis dit que ce serait beau, le même dessin à chaque saison. Y a-t-il pensé?

Il était en train de dessiner une femme avec un ventre rond et dedans un bébé, les mains ouvertes. Il a écrit maman. Il riait en me montrant le dessin. Madame Fournet est donc enceinte? Cela semblait si simple. J'étais ému. J'ai frappé dans mes mains pour dire «bravo». Il m'a imité.

Mais ma joie n'était pas totale, je pensais à ce que le grand Poucat avait dit dans la boulangerie.

Il m'a entraîné dans la maison et a branché un appareil, puis il a fermé la porte, me laissant dans le couloir, je l'ai entendu crier et une lumière s'est allumée, crier encore et de nouveau la lumière. Il est sorti de sa chambre, tout content. J'ai mimé que j'avais compris que c'était pour le bébé.

Oui, c'était ça. Antoine berçait un bébé invisible et l'embrassait. Il expliquait que c'était une fille. Je me demandais comment il pouvait le savoir, ce minot. Et tout à coup j'ai pensé : « Qu'est-ce qu'il m'arrive ? Je comprends ce qu'il dit maintenant ? »

6 septembre 1873

Mes chers parents, chère Mariette,

Comme j'ai été heureux de ces vingt jours passés près de vous ! Encore merci pour la belle montre que vous m'avez offerte pour mes seize ans. Merci pour les excellents repas. Pourquoi les Parisiens ne savent-ils pas cuisiner le bœuf en daube ? Pourquoi ne mettent-ils pas d'ail dans les plats ? Notre voyage à Nîmes et Arles avec nos cousins Peyre a été un ravissement. J'ai étudié tant de textes sur la Rome antique et enfin je voyais de mes yeux des arènes ! La puissance du Rhône m'a impressionné. Notre région est belle. Un jour je reviendrai m'installer auprès de vous, mais en attendant il faut que je continue à m'instruire.

Dans les premières années, on m'a trop instruit en religion et pas assez en géographie et philosophie. La chimie aussi m'intéresse. Et toute la machinerie du corps. La respiration, la circulation du sang. Être médecin des sourds, ce ne serait pas une mauvaise idée. J'y pense.

Le 3 septembre j'ai assisté avec tous les élèves de ma classe aux funérailles de notre vieux gardien, monsieur Guelvic. Il est arrivé à l'école à dix ans et y est mort à soixante-dix-neuf ans. Son signe est « Celui qui regarde toujours sa montre ». Ces derniers mois j'allais lui tenir compagnie et, en me transmettant ses souvenirs, il m'a confié beaucoup de faits que j'ignorais. J'ai eu des cauchemars après le récit qu'il m'a fait des agissements d'un certain médecin, le docteur Itard (celui qui a recueilli l'enfant sauvage de l'Aveyron. En avez-vous entendu parler, autrefois ?), qui s'est acharné dix ans durant à sonder les jeunes élèves par le nez et la bouche en espérant leur rendre l'ouïe. Monsieur Guelvic, tout vieux qu'il était, tremblait encore en évoquant ces tortures. Après que le médecin lui avait injecté dans la tête un liquide de sa composition, il vomissait pendant des jours et tombait dans les couloirs, pris de vertiges. Cet homme cruel, qui a été directeur de notre institut, mettait de la soude caustique dans les oreilles des enfants, il les brûlait, il essaya même de fracturer le crâne de certains élèves en les frappant derrière l'oreille avec un marteau. Je frémissais à ces récits, mais le pauvre monsieur Guelvic avait besoin de s'en alléger pour mourir en paix, je crois. Il m'a aussi fait des récits plus joyeux, comme celui de la visite du pape Pie VII en 1805. Il m'a décrit comment Jean Massieu a fait la lecture de La Vie des saints *en langage des signes et comment Laurent Clerc retranscrivait au tableau noir devant le pape enthousiasmé. (Vous vous souvenez que Laurent Clerc est le sourd qui a aidé Gallaudet à créer la première école de sourds en Amérique?) Avec mon ami Cahuzec, un jour nous mettrons toutes ces horreurs et merveilles dans un livre. Nous écrirons l'histoire des sourds!*

Maintenant que monsieur Guelvic n'est plus là, je ne sais qui sera chargé de remettre à l'heure les quatre pendules de l'institut.

Je vous embrasse tous trois de tout mon cœur.

Jean.

PS: Vous m'apprenez que Foufou est malade. Comment cela se fait-il? Il gambadait si joyeusement cet été! Chaque jour il allait nager au Vidourle. Il n'a que huit ans. Peut-être faut-il le purger? Mariette, je suis sûr que tu fais le nécessaire pour le guérir. Je t'en remercie.

12 juillet 2002

Nous sommes allés à Arles, pour la course de la Cocarde d'Or. J'ai cru que je n'en reviendrais pas vivant! Madame Fournet a tenu à ce que je me place devant pour montrer la route et son mari n'a pas arrêté de discuter avec elle. En plus de lâcher le volant pour signer, il regardait sans cesse ce qu'elle lui répondait dans le rétroviseur intérieur grand comme un miroir. Quand il a vu que je me cramponnais, il s'est mis à rire et il a voulu m'expliquer, en lâchant le volant et en se tournant vers moi, que sa vue était excellente. À ce moment-là, une voiture a déboîté brusquement devant nous. Je n'ai même pas eu le temps de penser: «Nous sommes morts» qu'il avait freiné et fait un écart pour l'éviter. Moi, j'étais vert de peur. Mon cœur faisait son malin. J'ai dû prendre une pilule. Madame Fournet a touché l'épaule de son mari et pendant cinq minutes il a fait l'effort de garder ses mains sur le volant puis il a recommencé à bavarder, et je me suis dit qu'à partir d'un certain âge, c'était sûrement idiot d'avoir peur. Ça faisait plus de mal que de bien.

La ville était en fête, mais il faisait une chaleur! Nous sommes arrivés en avance pour avoir des places à l'ombre. Tandis que les gradins se remplissaient, sur l'ardoise je répondais aux questions des Fournet.

J'ai dessiné ce qu'on appelle le «crochet», qui est plutôt une sorte de peigne aux dents écartées avec lequel le raseteur va essayer d'attraper la cocarde et la ficelle sur le front du taureau, et les petits pompons que nous appelons «glands», avec leurs ficelles enroulées autour des cornes. Le raseteur devra pour cela courir devant le taureau et sans ralentir envoyer son bras entre les cornes de la bête qui ne songe qu'à rejoindre l'homme pour le heurter et l'envoyer voltiger.

Soudain la musique explose et voici que s'avancent les Arlésiennes dans leur costume élégant, les gardians à cheval et, enfin, à pied, les hommes en blanc. Il y a, dans le public qui murmure et attend, cette excitation particulière d'avant les grandes compétitions. Les Fournet n'entendent pas le bourdonnement de la foule, mais ils sentent ce frémissement qui nous entoure. Ils ont les yeux qui brillent.

La course commence.

Le premier taureau sort. Il se nomme Gazay. Madame Fournet, peu rassurée devant ce monstre cornu qui vient cogner les barrières, veut serrer Antoine contre elle mais il se dégage, l'air sérieux. Je le vois, penché en avant, suivre du regard le trot léger de l'animal et rire lorsqu'une volée d'hommes en blanc s'éparpille à son approche.

Commence le ballet des hommes agiles qui espèrent être suivis dans leur course par la bête et lui ravir ce qu'elle a entre les cornes. Le raseteur, qu'il ait ou non attrapé la ficelle ou la cocarde, saute par-dessus les barrières rouges pour sauver sa vie. Cette envolée, ce jaillissement de jeunes hommes légers, vêtus entièrement de blanc, devant cette masse sombre à l'œil ténébreux, fait la beauté de ce que certains appellent un sport, mais que nous appelons une course : la course camarguaise, la course libre.

Entre Arlequin, une bête puissante, d'un noir soyeux. Un raseteur, long jeune homme brun, très mince, se place entre les cornes et conduit le taureau sur la piste en décrivant une large courbe. La vitesse de la course de l'homme est réglée sur celle du taureau, dans une harmonie parfaite. Le temps semble s'arrêter.

Au moment où le taureau croit attraper l'homme, où il le touche de son mufle, par un appel sur le marchepied de la barrière, celui-ci bondit au milieu des gradins. Applaudissements.

Antoine me touche le bras. Il me désigne le taureau et le raseteur. Il me fait signe que le taureau et l'homme se parlent. Le petit ne pose pas de question, il est sûr de ce qu'il affirme.

Comment sait-il cela?

Comment a-t-il compris que, devant nos yeux, il se passe entre l'homme et la bête quelque chose que nos ancêtres, les hommes préhistoriques, devaient connaître, que connaissent ceux qui parlent aux chevaux ou aux loups et certains bergers. Pendant un instant magique, l'homme pénètre en esprit dans l'animal et devient lui-même un fauve.

Tout est immobile. Le jeune homme brun, dans un grand recueillement, attend le signal donné par l'animal. Il est le seul à le percevoir. D'autres hommes s'élancent et passent devant le taureau immobile. Il demeure indifférent. Toute l'arène attend que le raseteur qui a la grâce se mette en mouvement, et là, immanquablement, le taureau le voit, le suit, se laisse entraîner par sa course. Comme s'il y avait entre eux un accord secret. Comme s'ils se choisissaient.

Au moment où le taureau, touchant presque l'homme qui court devant lui, tend le cou pour l'encorner, le raseteur allonge le bras et saisit la ficelle tendue entre les cornes. Les Fournet n'entendent pas la musique mais me font comprendre leur émotion, un mélange de peur et de joie.

Un peu plus tard, tout en courant, le jeune homme brun pose sa main sur le front de la bête. Et dans le public on crie son nom : « Sabri Allouani ! » Quand il jaillit vers les gradins, la corne du taureau déchire un peu la jambe de son pantalon. Dans ma mémoire retentissent d'autres noms : André Soler, Jacky Siméon, Patrick Chomel, et je regarde ce jeune homme dont les racines sont de l'autre côté de la Méditerranée, qui possède l'art, cet art millénaire de danser, de jouer avec les taureaux. Art périlleux où l'artiste est en danger de mort. Je le vois exécuter à la perfection des gestes que nous faisons dans nos villages depuis tant de générations. Je suis heureux.

Paris, 7 juillet 1874

Ma chère Mariette,

Je pense que père a raison, ce sont les tiques qui ont transmis cette maladie à Foufou. Je ne garderai de lui que le souvenir d'un chien joueur. Je te remercie de l'avoir enterré sous le prunier. J'espère venir au printemps. Le sol sera couvert de pétales comme une neige rose et ce sera beau.

Mes chers parents, je n'écris pas souvent car ma vie est très remplie, mais je tiens à vous dire encore merci de m'avoir aimé malgré ma surdité, contrairement à tant d'autres parents qui laissent leurs enfants sourds sans soins ni éducation et considèrent, comme un grand nombre de gens, que les sourds n'ont ni intelligence ni âme. Merci à vous mon père qui avez dû tant travailler pour payer cette école, merci d'avoir cherché avec tant d'opiniâtreté un lieu où l'on me donnerait la connaissance. À présent que j'ai terminé mes quatre niveaux d'études et que l'on m'a nommé, à presque dix-sept ans, instituteur adjoint auprès des enfants de l'institut, je remercie Dieu de m'avoir donné des parents tels que vous. Ma mère, ne pleurez pas de me savoir toujours si loin. Mon métier me passionne, les progrès de mes élèves me renforcent dans l'idée qu'il y a beaucoup à faire pour améliorer notre enseignement. Depuis le jour où je suis entré dans la grande cour de l'école Saint-Jacques, où j'ai été entouré d'enfants joyeux, signant à toute vitesse, j'ai compris qu'avec eux je faisais partie d'un peuple particulier. Un peuple dont la langue est celle des signes. Allibert, un grand parmi les sourds, dont je vous ai déjà entretenu, a dit : « Cette langue est nécessaire à notre intelligence comme l'air l'est à la respiration. »

Savez-vous que partout ailleurs en Europe on essaie de faire parler les sourds-muets ? Cela n'a aucun sens et me reporte à ma deuxième année d'école, quand j'ai failli être exclu parce que j'avais refusé de suivre les cours d'articulation de l'abbé Falcon. Quand je le revois, assis en face de moi, ses genoux touchant les miens, mon visage à trois centimètres de son nez violacé, alors qu'il appliquait fortement ma main gauche sur son larynx grenu, l'autre sur ma gorge et ouvrait son horrible bouche puante, je crois encore étouffer ! Il hurlait, gesticulait. La vue de sa langue, de sa luette, de ses dents noirâtres me dégoûtait. Pourtant je tordais mon visage, je m'efforçais de faire sortir des sons de ma gorge, je m'étranglais à moitié pour lui être aimable, mais rien n'y faisait. Vous souvenez-vous ? On a dit que j'étais indiscipliné. Aujourd'hui, je peux vous dire ce qui s'est vraiment passé : devant la minceur de mes progrès, l'abbé Falcon a perdu patience un jour et m'a battu. Alors je suis allé au tableau noir et j'ai écrit : « Non. Refus. » Puis plus tard, après plusieurs jours de punition, à ne manger que du pain sec, j'ai écrit : « Dieu ne m'a pas donné la parole. S'il ne m'avait pas donné de jambes, m'obligeriez-vous à courir ? » Et je n'ai jamais plus « parlé ». D'ailleurs je sais très bien que les entendants ne comprennent rien lorsqu'un sourd leur « parle ».

Ils disent: «Il pousse des cris d'animaux.» Je préfère écrire sur ma petite ardoise. Ou sur une feuille comme celle-ci pour vous dire ma reconnaissance. J'espère que votre santé va s'améliorer. Le vieux docteur Masson est-il bien capable encore de vous soigner? Ne vaudrait-il pas mieux aller consulter un médecin à Nîmes?

J'attends impatiemment de vos nouvelles.

Jean.

21 juillet 2002

Aujourd'hui les Fournet ont pendu la crémaillère. Ils ont fait une fête dans leur jardin. J'étais invité. Je suis arrivé tôt pour aider à couper les tomates et à mettre la table. J'ai appris à madame Fournet à faire les poivrons au four. On rit bien tous les deux. Je mime, je gesticule, j'écris sur la petite ardoise que je me suis achetée et on finit par se comprendre. J'avais apporté mes poivrons, ma machine à écraser l'ail et un parasol.

Antoine m'a montré la grande peinture qu'il a faite, punaisée sur le mur blanc du salon. L'ovale ocre jaune de l'arène, entouré par les barrières rouges, la foule bariolée sur les gradins et à droite le taureau noir, tête levée, bien planté sur ses pattes minces, qui regarde. Mais que regarde-t-il? Antoine n'a pas peint des hommes mais des oiseaux blancs qui s'envolent devant le mufle du taureau. Des oiseaux! Dans un ciel presque violet. Il m'a montré où nous étions tous les quatre dans les gradins. Cet enfant a un talent merveilleux. Je voudrais que l'école, la vie n'abîment jamais la vivacité de son regard, la liberté de sa main.

Nous étions trente-trois à cette fête. Dont au moins une dizaine d'enfants. Antoine les a emmenés explorer le jardin et voir les taureaux qui se sont lentement approchés de la barrière. Les petits citadins faisaient le signe «peur» et Antoine signait «peur, non». J'observais cette troupe bondissante. C'était très joyeux de voir leurs petites mains signer à toute allure. Et ils riaient! Parmi eux, j'ai découvert plus tard qu'il y en avait quatre qui entendaient. Ce sont donc des enfants «bilingues». S'ils avaient été anglais ou italiens et qu'ils aient parlé français, j'aurais trouvé cela normal, mais là, qu'ils passent du geste à la parole si naturellement, c'était pour moi comme un miracle. Une jeune maman s'adressait par signes à son bébé de six mois et à un moment j'ai eu l'impression que l'enfant signait aussi. Laurence, qui a vu ma surprise, m'a dit que les bébés apprennent bien plus vite à signer qu'à parler. Ça alors ! Moi qui parviens à peine à signer quelques mots, j'étais estomaqué !

Quand tous les invités ont été là, ça faisait pas mal de bruit. Les sourds sont bruyants, mais ça ne les gêne pas, bien sûr. À part Laurence, la jolie interprète, et moi, il y avait un autre entendant, Herbert, le mari d'une amie des Fournet, mais c'est un Suisse-Allemand qui ne connaît que vingt mots de français, et avec mon accent il ne comprenait rien de ce que je lui disais, ce qui fait que nous n'avons pas pu parler ensemble. Herbert signe très bien. Au milieu du repas il s'est levé et il a raconté une histoire suisse. C'est l'histoire d'un paysan suisse auquel des touristes demandent l'heure. Il se penche sous le ventre de sa vache et donne l'heure exacte. Et ainsi plusieurs fois de suite. Les touristes émerveillés finissent par lui demander son secret ; il leur dit de se pencher eux aussi sous sa vache et là, qu'est-ce qu'ils voient ? Dans la vallée, le clocher du village et son horloge. Tout le monde était écroulé de rire.

Le repas à l'ombre de la tonnelle a été très joyeux et entrecoupé de petits spectacles offerts par les invités. Paulette, une poétesse, a signé ses poésies. Pour moi c'était comme une danse des mains douce et violente en même temps. Tout le monde était ému. Une fillette de douze ans a signé *Le corbeau et le renard* et j'ai deviné plein de mots.

Laurence a signé-chanté la chanson de Jacques Brel : *Les vieux*. Avec le signe de l'horloge qui allait et venait, et son visage si sensible, c'était magnifique, ça me fendait le cœur. Antoine qui était venu s'asseoir sur mes genoux m'a touché le bras, il m'a fait signe de l'écouter, ce qui en sourd se dit « regarde-moi » en mettant les doigts en rond autour de l'œil, et il m'a signé que je devais prendre ma pilule et la glisser sous ma langue. Il avait raison.

Après ça, tout le monde a dansé sur l'espèce de piste de bois que monsieur Fournet a construite sous le platane et j'ai découvert que les vibrations de la musique, si elle est assez forte, leur parviennent par le sol. Leur plaisir à danser m'a rendu tout guilleret. Une petite brise fraîche montait du Vidourle. La lumière baissait. Les guirlandes d'ampoules multicolores se sont allumées. J'étais heureux. Je suis rentré chez moi dans la fraîcheur de la nuit. Les Fournet m'ont dit qu'ils ont fait la fête jusqu'à trois heures du matin ! C'est beau d'être jeunes !

14 novembre 1875

Ma chère sœur,

Comme cette année a été sombre ! Comment réaliser que nos chers parents ne sont plus ? Notre mère disparue en janvier et notre cher père ce mois de septembre. Je n'ai pu que venir pleurer sur leur tombe tant leur mort a été subite. La prochaine fois que je viendrai, ils ne seront plus sur la terrasse à se chauffer au soleil en t'écoutant traduire les récits de mes aventures parisiennes. Je m'inquiète pour toi, ma chère sœur. Tu as vingt-deux ans à présent, pourquoi ne te maries-tu pas ? La pensée que le souci que tu as de moi puisse t'empêcher d'avoir une vie normale me révolte. Tu n'as pas à t'inquiéter, dans deux ans au plus tard je serai professeur et ma sécurité sera assurée à l'institut, ma vie sera aussi heureuse que possible. Je souhaite que la tienne soit belle aussi. Nos parents le voudraient. Trouve-moi donc un beau-frère aimable et courageux !

Je t'embrasse de tout mon cœur.

Jean.

PS : Je t'envoie une photographie de moi prise au laboratoire de monsieur Eugène Chevreuil. Garde-la à l'obscurité de crainte qu'elle ne pâlisse. Grâce à un nouveau procédé, monsieur Chevreuil m'a remis deux portraits identiques. Tu vois combien j'ai grandi !

23 juillet 2002

Nous sommes allés, Maurice et moi, nous promener le long du Vidourle pour dégourdir nos vieilles jambes. Nous avons observé un moment un héron gris qui pêchait sur la rive.

– Tu as vu comme il a l'air dédaigneux? a dit Maurice.

Et le héron s'est envolé. Lourdement il a traversé le fleuve.

– Il a le ventre plein de grenouilles, j'ai répondu.

Le temps était merveilleux, le ciel d'un bleu si foncé que ça faisait tourner la tête. Il faisait déjà chaud de bon matin.

– Quel bruit elles font ces cigales! Elles font monter la température à force de crier comme ça! a dit Maurice.

Il a toujours de drôles d'explications à donner à tout. Nous sommes allés dans le bois où, enfants, nous avons si souvent joué aux Indiens. Nous nous sommes assis sous le chêne géant et Maurice, qui sait l'histoire de la région dans ses plus petits détails, m'a dit :

– Tu sais qu'il a plus de deux cents ans, ce chêne ?

– Tant que ça ?

– Oui, et tu sais comment on l'appelait autrefois ?

– Non.

– Le chêne du sourd pendu. C'est bizarre, non ?

Je n'ai rien dit mais, je ne sais pas pourquoi, tout à coup j'ai eu froid. J'étais tout couvert de frissons. J'avais l'impression d'étouffer.

– Tu te sens mal, Paulou ?

– Oui, repartons, il fait trop frais sous cet arbre.

– Trop frais ? Tu es malade, Paulou !

– Ne t'inquiète pas. Et pourquoi le chêne du sourd pendu ?

– Je ne sais pas.

Il est resté un moment silencieux et puis :

– Il y a quelques années, quand j'écrivais l'histoire du village, comme je m'interrogeais sur ce nom, le vieux monsieur Peyre m'a dit qu'il savait, qu'il me montrerait des documents du siècle dernier, des lettres, et puis, entre-temps, il est mort et...

13 septembre 1878

Ma chère sœur,

J'ai été si heureux de passer ces deux mois avec toi ! J'espère que ma présence t'a fait comprendre à quel point il fallait aller vers le bonheur. D'ailleurs à la fin tu riais chaque jour ! Si celui que tu as aimé s'est conduit comme un être bas en te préférant une femme plus riche, c'est qu'il ne te valait pas, ma chère Mariette. Oublie-le. Je suis sûr qu'il en existe un qui reconnaîtra tes qualités et que tu rencontreras très bientôt ! Ne me dis pas que je suis optimiste, je sais très bien de quoi je parle. N'oublie pas la promesse que tu m'as faite sous le grand chêne. Comme nous étions bien dans son ombre, comme quand nous étions petits !

De retour à l'institut, je n'ai pas appris de bonnes nouvelles. De nouveau les «oralistes», ceux qui veulent éliminer notre langue des signes et s'acharner à faire parler les sourds-muets, repartent à l'attaque. Ils ont profité de l'Exposition universelle pour donner des conférences sur l'éducation des sourds alors qu'ils n'en connaissent pas un seul. Si un médecin n'ayant jamais vu de malade s'avisait d'agir ainsi, on l'appellerait charlatan! Évidemment, pas un sourd n'était invité aux conférences. Ces gens-là ne veulent pas instruire les sourds, ils veulent les obliger à parler. Ils disent vouloir nous protéger. Nous n'avons pas besoin de protection mais seulement d'être traités avec respect comme n'importe quels citoyens. J'ai très peur que nos écoles deviennent comme les écoles allemandes ou italiennes où en six ans les enfants n'apprennent qu'à dire bèèè ou paaa ou raaa et sortent sans instruction, tout juste bons à balayer les rues. Est-ce là leur «protection»?

Je dois retenir ma colère. Je pense à toi qui te désolais tant quand, enfant, je la laissais exploser. Ma chère sœur, ton affection m'est si importante!

Porte-toi bien et profite du beau ciel d'automne.
Je t'embrasse.

Jean.

11 août 2002

Ils m'ont invité à manger des grillades. Ils ont invité Laurence aussi. Les deux jeunes femmes étaient assises sur le banc de pierre contre le mur nord, à l'ombre. Elles signaient calmement. Leurs cheveux étaient encore mouillés. Ils s'étaient tous baignés dans le Vidourle avant le repas. Antoine était agenouillé aux pieds de sa mère, la tête sur ses genoux. D'une main elle caressait ses cheveux, de l'autre elle m'a fait signe d'approcher. Je me suis installé sur un fauteuil en toile. Tout était paisible. J'étais frappé par la beauté du visage de la jeune femme. Ses yeux noirs, ses pommettes hautes, sa bouche rouge et bien dessinée. Elle me faisait penser à une madone de peinture italienne. Une libellule bleue s'est posée sur la cheville d'Antoine qui dormait. Sa mère souriait. Soudain, sans y avoir réfléchi, je lui ai posé une question :

– Christine, quand vous êtes-vous rendu compte pour la première fois que vous étiez sourde ?

Laurence lui prêtait sa voix.

– J'ai réalisé ça un peu tard. Je suis née dans une famille d'entendants. Enfant, je sentais qu'il y avait un problème de communication avec les autres, avec ma famille, mais de quelle nature ? Je ne le savais pas. Je ne comprenais pas les autres, ils ne me comprenaient pas. Pourquoi ? Ils se comprenaient entre eux. Comment ? C'était dur, surtout au moment des fêtes, à Noël, quand tout le monde était réuni autour de la table. Ils m'oubliaient. De quoi riaient-ils ? Pourquoi bougeaient-ils les lèvres ? Ça m'énervait. Pourquoi j'étais à part ? J'étais dans une rage terrible. Comme enfermée dans une forteresse invisible. Vous comprenez ? Et puis, quand je voulais faire quelque chose, ils me disaient toujours : « Tu ne peux pas, tu n'en es pas capable. » Ils me faisaient sentir que, quoi que je fasse, je ne serais jamais à la hauteur, je ne parviendrais à rien. Mais pourquoi? Je ne comprenais pas. Ils m'ont mise dans une école d'entendants. Là j'ai compris pourquoi je n'étais pas comme les autres. Après les cours, pendant des années, j'ai travaillé avec une aide et une orthophoniste. On appelle ça l'intégration. Mais j'étais seule à faire des efforts, les autres élèves me rejetaient. Je me suis sentie seule, seule! Et pourtant je ne me sentais pas handicapée, je me savais pleine d'énergie, d'intelligence. Je ne comprenais pas...

– Mais vos parents ne vous ont pas dit que vous étiez sourde?

– Ils disaient «malentendante». Alors je cherchais à entendre mal, mais je n'y parvenais pas, je n'entendais rien. Entendre, même mal, ça voulait dire quoi? Je me sentais coupable.

– Alors que c'était eux qui étaient coupables de vous faire souffrir ainsi!

– Oui, j'ai longtemps cru que j'étais la seule sourde au monde. À quinze ans, j'ai rencontré des sourds pour la première fois. Je me suis dit: «Ah! c'est ça qu'on appelle les sourds?» J'étais fascinée par leur aisance dans la communication. J'essayais de leur parler avec la bouche mais ça ne marchait pas, et leurs gestes, c'était du chinois pour moi ! Encore une fois je me retrouvais seule ! J'ai compris que mes parents avaient nié ma réalité. Dernièrement encore, ma mère m'a dit : « Ta surdité, je ne l'accepterai jamais. » Qu'est-ce que ça veut dire ? Elle ne m'accepte pas telle que je suis ? Tant pis pour elle. Ce n'est plus mon problème ! Mes parents ont exigé de moi des années de travail pour que je parvienne à prononcer simplement « bonjour » et « ça va » et « merci », et tous ces mots que je n'entendrai jamais, et quand ma première amie sourde m'a appris à signer, alors que je rayonnais de bonheur, ils n'ont jamais fait l'effort d'apprendre la langue des signes. Pourtant, ils ont des mains, eux !

Elle rit. Un moment ses mains ouvertes semblent se reposer sur la nuque d'Antoine, puis elles se redressent et se remettent en mouvement.

– Ils n'ont jamais su signer ni « bonjour » ni « je t'aime » ni même le prénom d'Antoine, mais maintenant ça m'est bien égal !

– Vous avez continué vos études ?

– Oh ! il m'est arrivé quelque chose d'incroyable quand j'ai commencé la fac de sciences à Montpellier. Je trouve ça drôle aujourd'hui, mais c'était plutôt désespérant. Il y avait un sourd dans mon groupe de travaux pratiques, il me plaisait bien. Malheureusement, c'était un sourd « oralisé » qui ne connaissait pas la langue des signes. Il émettait des sons que je n'entendais pas et lisait sur les lèvres. Il a donc essayé de lire sur mes lèvres pour me comprendre et j'essayais de faire de même pour lui mais c'était impossible. Nous n'avons pas pu nous comprendre. Rien ne passait entre nous. Rien de rien ! J'étais déçue !

– Mais comment ça se passe pendant les cours ?

– Les entendants n'imaginent pas quels efforts nous faisons pour nous accrocher aux études. Les profs qui restent au bureau, en face des étudiants, qui articulent bien et écrivent les idées principales au tableau sont rares. Ils se promènent dans la salle et c'est fini, les sourds ne comprennent plus rien ! Ils mettent leurs mains devant leur bouche. Oh, les cochons de profs ! Je les aurais battus ! Et puis, il faut savoir que si un entendant peut prendre des notes sans lever la tête pendant une heure, un sourd ne peut pas en même temps écrire et lire sur les lèvres. Dès qu'on écrit une phrase, on en perd dix ! Personne parmi les milliers d'étudiants qui me côtoyaient ne parlait ma langue. Vous voyez, Paulou, je ne suis pas laide, eh bien les garçons me regardaient, me souriaient et dès qu'ils comprenaient que j'étais sourde, frout ! ils s'enfuyaient. Je me suis renfermée. J'étais très malheureuse. Déprimée.

Après, je suis entrée dans une école technique destinée aux sourds. Tout le monde parlait avec les mains. Enfin on ouvrait la porte de ma prison ! Mon malheur était fini. C'est là que j'ai rencontré Michel. Il donnait des cours de dessin technique.

Elle le cherche des yeux son grand Michel qui s'occupe des grillades à l'autre bout du jardin. Son visage s'illumine.

– Avec lui je me suis dit : « Je ne veux pas être autre chose qu'une sourde, mais une sourde capable ! » J'ai fait des études de paysagiste mais ici je voudrais plutôt créer un jardin maraîcher biologique. Je fais déjà partie d'une association. Ça vous intéresserait de m'aider, Paulou ?

– Bien sûr que ça m'intéresse, mais vu mon âge, je ne pourrai donner que des conseils, et les conseils ça ne fait pas grossir les pommes de terre!

La voilà qui se met à rire. J'aimerais lui dire que son rire est beau à entendre. Antoine se réveille, tout ébouriffé.

28 octobre 1878

Ma chère sœur,

Dans ma dernière lettre, je t'entretenais uniquement de mes soucis. Aujourd'hui je prends la plume pour t'annoncer qu'il m'arrive une chose bouleversante : j'ai rencontré la femme qui sera et doit être celle qui partagera ma vie. Elle est sourde elle aussi, elle aussi enseigne à des enfants sourds, chez les filles, en face de l'institut. Quand tu verras quelle personne agréable elle est, tu approuveras mon choix.

Elle est venue plusieurs fois à mes cours pour perfectionner son savoir. Elle écrit bien. C'est la plus belle personne que l'on puisse imaginer, au physique comme au moral. C'est en la voyant aider les jeunes nouveaux arrivants que notre directeur a décidé de l'inclure dans l'équipe de pédagogues.

Fanette a dix-neuf ans, ses parents sont originaires de Normandie. Ils s'appellent Renard. Ils sont aisés, mais j'ai le sentiment qu'ils n'ont pas un très fort attachement pour leur fille car, arrivée à l'institut à l'âge de dix ans, elle n'est retournée que deux fois dans sa famille et n'a reçu que de très rares visites. Pourtant c'est une personne rayonnante, gaie et bonne, et son intelligence est si vive que parfois je ne parviens pas à suivre sa pensée.

J'avoue qu'il m'arrive de l'observer avec ma longue-vue quand elle joue avec les fillettes dans le jardin en face. Je la rencontre à la chapelle chaque matin de six à sept heures et pour la longue messe du dimanche. Elle se place toujours près du même pilier et nous passons presque toute la messe en conversation. Je suis sûr que Dieu nous voit et nous approuve. Les enfants eux-mêmes font tout pour protéger notre amour.

Mariette, si tu te trouvais un fiancé, nous nous marierions le même jour, à la chapelle de

Saint-Nazaire, au printemps ! Nous boirions l'apéritif au milieu des pâquerettes. Ne dis pas que je suis naïf, j'ai tant envie de vivre !

Je t'embrasse.

Ton frère. Jean.

30 août 2002

Hier, comme ils sont partis chez le médecin, les Fournet m'ont demandé de garder Antoine. Il pleuvait. Nous sommes sortis sous la marquise pour regarder tomber la pluie. Il aspirait cet air humide et tiède, et cette odeur de poussière qui montait de la terre surchauffée. Je faisais de même. J'observais ses yeux si largement ouverts pour accueillir l'éclair qui cisaillait le ciel presque noir. Petit Antoine sans tonnerre, je suis sûr que tu éprouves des sensations qui me sont inconnues. Nous avons longuement regardé des fourmis roulées et emportées par la rigole devant le perron. Tu m'as appris le signe « fourmi ». Tu as cueilli une feuille de liseron que tu as posée au milieu du flot. Certaines fourmis s'y sont accrochées. Tu observais, sérieux. À quoi pensais-tu, Antoine? Je ne sais pas.

Dedans, nous avons joué aux dominos, construit des châteaux bizarres avec des morceaux de bois, regardé et classé les nombreux dessins d'Antoine, puis nous sommes restés un très long moment devant l'aquarium que monsieur Fournet a installé dans le salon. C'est là que les parents nous ont trouvés en entrant. Madame Fournet semblait heureuse. Elle a sorti sa petite ardoise de son sac et a écrit dessus: «Vous regardez notre musique?» Comme j'avais l'air étonné, elle a ajouté: «En regardant la danse des poissons, leurs couleurs, leurs formes différentes, leur rythme dans la transparence de l'eau, j'ai compris ce qu'était la musique.»

J'étais ému. Je comprenais ce qu'elle voulait dire. Je crois que je ne regarderai plus jamais un aquarium avec les mêmes yeux.

4 mars 1879

Ma chère Mariette,

Je suis allé hier avec dix de mes grands élèves voir, au Salon, les œuvres du peintre René Princeteau. Pourquoi ce peintre? Parce qu'il est sourd, parce qu'il a du talent, de la force, parce que ses chevaux semblent jaillir de la toile, naseaux écumants. Je voulais que mes élèves voient son œuvre pour les encourager à développer leurs talents. Certains pensent que la nouvelle technique de la photographie sonnera la mort de la peinture. Je ne le crois pas. Rien ne remplacera la force ou la douceur qu'un artiste exprime dans sa peinture. Ce fut une belle journée, même si j'ai constamment regretté que Fanette ne soit pas à mes côtés.

Ma chère Mariette, fais l'effort de sortir, toi aussi. Va te promener avec nos cousins. Lorsque nous manquons de force, la beauté nous en donne.

Moi-même, en ces temps troublés où l'on critique tant notre langue des signes, si fidèle interprète de nos sentiments et de nos pensées, je suis revenu à l'institut plein de courage.

Je t'embrasse.

Ton frère. Jean.

8 septembre 2002

Ce dimanche, il a plu à partir de minuit et toute la journée. Une grosse pluie, sans arrêt. L'eau dévalait en torrents dans les ruelles, les mamettes du village n'avaient pas intérêt à sortir pour aller à la messe, elles auraient été emportées !

Maurice est venu manger avec moi. On a parlé de tout et de rien. Il m'a demandé de lui montrer les mots que je connais en langage des sourds. Il essayait de m'imiter. On a bien rigolé. Il m'a dit :

– Paulou, on n'a plus de dents, plus de cheveux, la seule chose que nous avons rescapée de notre jeunesse, c'est le rire !

– Ça c'est vrai ! Tu sais que l'autre jour, je rêvais qu'il y avait deux cimetières au village !

Un cimetière triste et un cimetière gai pour les vieux rigolos comme nous...

– Mais c'est une bonne idée que tu as là, Paulou, il faudra en parler au maire !

– Moi, je ferai écrire sur ma tombe : « Approchez-vous, collez votre oreille là, vous m'entendez rire ? » Et toi, Maurice ?

– Il faut que j'y réfléchisse... Il faudra peut-être qu'on m'enterre entre les deux.

– Et pourquoi ?

– Tu sais bien que je ne suis pas toujours drôle !

– Oh, disons que tu l'es rarement !

– Alors, que les pieds...

– Que les pieds ?

– Oui, que les pieds dans le cimetière drôle et tout le reste de l'autre côté !

La pluie n'a pas cessé. À dix-sept heures, il faisait pratiquement nuit. Un 8 septembre ! Au moment où Maurice rentrait chez lui, il y a eu une panne d'électricité. On n'a pas retrouvé son parapluie qu'il avait posé n'importe où. Il est reparti avec un sac en plastique rouge sur la tête.

Dimanche 12 mai 1879

Ma chère sœur,

Je t'écris sous le coup d'une très grande émotion. Je suis sorti tout aujourd'hui dans Paris avec Fanette. Inutile de te dire combien de ruse il m'a fallu pour réussir cet exploit, mais j'ai vingt et un ans, je suis professeur, et on m'accorde confiance. Si j'avais parcouru bien des fois la capitale, Fanette ne connaissait que notre quartier. Notre journée fut un éblouissement. Nous avons tant marché sans nous en apercevoir! Elle s'émerveillait de tout. Nous sommes allés nous recueillir à Notre-Dame et là nous nous sommes promis de vivre toujours ensemble.

Sur les quais de la Seine, nous nous sommes embrassés. Ma chère sœur, t'avouer cela peut te paraître indiscret, mais à qui sinon à toi, mon amie, ma sœur, puis-je le dire ? Je reconnais que l'état dans lequel je suis est appelé dans les livres : amour. Oui, oui, c'est bien de l'amour ! Réjouis-toi, toi qui as toujours désiré mon bonheur. Je te souhaite de connaître de nouveau cette merveilleuse exaltation, mais cette fois-ci pour un homme de valeur.

Puis-je te demander une faveur ? Veux-tu bien écrire aux parents de Fanette et leur demander sa main pour moi ? Notre directeur joindra une lettre à la tienne pour les assurer de ma moralité et du fait que je subviendrai toute ma vie à ses besoins. Je te remercie infiniment.

Puis-je te faire part de projets dont la réalisation est certainement très lointaine ? Ce sont presque des rêves, mais je sais que tu seras heureuse de les partager. Avec Fanette, nous aimerions nous marier à Paris puis venir ensemble dans le Sud où nous créerions une école pour les sourds. Dans l'avenir, il y en aura dans toutes les régions de France. Sais-tu qu'il y en a une en Martinique ? Ça ne te tenterait pas de venir avec nous dans les îles ?

J'espère que tu ne tousses plus. Je suis amoureux, mais cela ne m'empêche pas de penser beaucoup à toi. Je t'embrasse. Ton frère qui t'aime.

Jean.

PS : Tu me disais dans ta dernière lettre avoir le projet de faire un voyage à Marseille avec nos cousins Peyre, l'as-tu fait ?

9 septembre 2002

Il a plu toute la nuit. Pour un matin moche, c'est un matin moche ! J'ai voulu téléphoner au maire : plus de téléphone. Plus d'électricité et l'eau qui dévalait sur la route, les fossés qui débordaient. J'ai vu déborder le petit ruisseau qui passe en contrebas du pré où Pierrot met ses chevaux. L'eau envahissait le champ avec des vagues comme à la mer et cognait contre le muret. Le mur de pierres s'est couché. L'eau avançait vers les chevaux qui se tenaient serrés dans le fond du champ. On les voyait bien, blancs dans tout ce sombre. Plusieurs hommes ont ouvert les barrières et fait passer les trois chevaux dans les jardins, sur les terres hautes. Ils avaient déjà de l'eau jusqu'au poitrail. C'était un cauchemar. Tout à coup j'ai pensé: «Antoine, ses parents, qu'est-ce qu'ils vont devenir?» Non, la maison ne risque rien. De mémoire de Castan, elle n'a jamais été inondée. À peine si, des inondations de 1901 et de 1958, on a gardé souvenir d'un peu d'eau dans la cuisine. Mais les bêtes autour? J'ai pensé au petit Antoine, à sa solitude, à sa peur. Et s'il voyait les bêtes se noyer? Et j'ai eu un grand coup au cœur. Mais je me suis dit: «Non, mon vieux, c'est pas le moment de faire le coup de l'"infractus", tu penseras à ça après.» Et j'ai avalé deux pilules.

Maurice habite la maison derrière chez moi. J'ai ouvert le fenestron de la salle de bains et j'ai crié:

– Maurice! Maurice!

– Ouais! Qu'est-ce qui t'arrive?

– Tu peux venir? Je m'inquiète.

– Tu quoi?

– Viens, je te dis, passe par la cour!

– Tu es fada, je vais me tremper!

Et il est arrivé cinq minutes après, le même sac rouge sur la tête, les chaussures trempées, le pantalon roulé jusqu'aux genoux, comme un pêcheur de tellines[4].

– Maurice, qu'est-ce qu'on fait?

– Qu'est-ce qu'on fait? Je reprends mon parapluie et chacun se met au chaud et au sec, c'est tout. C'est pour me demander ça que tu me fais sortir sous ce déluge?

– Qu'est-ce qu'on fait pour les sourds et pour la manade, en bas? Tu y as pensé?

– Ils vont y penser, les jeunes...

– Je sais pas... Je peux pas rester sans rien faire, Maurice. Si on s'attachait avec une corde, on pourrait essayer d'aller chez le maire? Ça monte. En s'accrochant aux voitures garées dans la rue...

– On peut essayer, si tu veux, mais si on est emportés par le courant, tu sais ce que ça fera?

– Non.

– Ça fera deux vieux couillons noyés.

Il avait raison, Maurice, mais on s'est attachés quand même et, de l'eau par-dessus les genoux, dans le courant, on a remonté la rue. Une fois

4. Tellines: petits coquillages bivalves ramassés en Méditerranée, dans le sable, en eau peu profonde. Consommés en apéritif.

j'ai glissé, mais Maurice était bien calé contre le 4×4 des jeunes Chaumat, il m'a tiré vers lui avec la corde et ça m'a aidé à me relever. Et tout à coup on s'est mis à rire, à rire.

– Pourquoi tu ris, imbécile?

– Et toi?

– Moi je pense à quand on était jeunes, à toutes les bêtises qu'on a pu faire ensemble, et regarde-nous!

On était trempés comme des ragondins, j'avais perdu mon béret. J'ai soixante-seize ans et lui soixante-quinze. On est chauves tous les deux, et on riait comme à quatorze ans.

On est arrivés chez le maire, attachés comme des alpinistes.

Il a un téléphone portable. Il avait pensé aux Fournet, il avait déjà appelé les pompiers de Sommières, mais ils ont dit que là-bas c'était vraiment la catastrophe. Ils évacuaient tous les gens qui habitaient au rez-de-chaussée. Certains attendaient les secours sur les toits des maisons. Ils ont dit qu'ils étaient débordés, que si nous étions sûrs que la maison ne risquait rien, ils viendraient demain en hélicoptère. On se regardait,

Maurice et moi. On ne rigolait plus. Il pleuvait toujours.

– Il faudrait au moins qu'ils puissent couper les barbelés, que les taureaux puissent atteindre le champ haut, peut-être que l'eau n'arrivera pas jusque-là.

– Comment communiquent-ils ?

Maurice a ouvert des yeux ronds quand j'ai répondu au maire :

– Ils communiquent beaucoup par ordinateur...

– Oui, mais il n'y a plus d'électricité, monsieur Castan...

– Ils ont le petit groupe électrogène que je leur ai laissé. Il ne marchera pas longtemps, mais s'ils ont réussi à le mettre en route, il faut leur envoyer un message.

– À quelle adresse ?

– Emmenez-moi chez moi, je l'ai, l'adresse.

Alors là, Maurice a failli tomber à la renverse ! Il ne savait pas qu'Antoine dessinait sur des feuilles de brouillon et que sur l'une d'elles où il avait dessiné un gardian à cheval, il m'avait montré, derrière, leur adresse électronique.

– Vous emmener chez vous ? Mais, comment ?...

– Votre voisin, il n'a pas un 4×4?

– Oui, mais est-ce qu'il va...

– Réquisitionnez, monsieur le maire! Réquisitionnez! C'est une question de vie ou de mort!

J'étais plutôt content, je dois le dire, de remuer un peu ce jeune qui est bien bon pour défoncer les chemins avec ses gros pneus quand il fait beau et qui, visiblement, tremblait de se lancer sous le déluge. Avec Maurice, on s'est installés tout trempés sur les jolis sièges. J'ai dit:

– Vous qui aimez l'aventure, vous devez être content!

Il n'a pas répondu. Il fallait voir la tête qu'il faisait! On est arrivés chez moi. J'ai pris l'adresse puis le jeune nous a ramenés à la mairie. En sortant, je lui ai serré la main.

– Merci, ça fait plaisir de savoir qu'on peut compter sur des jeunes comme vous dans les moments difficiles!

Il a fait un petit sourire étriqué.

Le maire a téléphoné à sa fille à Nîmes. Là-bas, ils avaient de l'électricité, ils ne se doutaient de rien. Il lui a dit d'envoyer d'urgence un message aux Fournet. Pour leur demander comment ils allaient. D'attendre la réponse et d'envoyer ensuite le message que nous lui dicterions.

La réponse des Fournet est venue aussitôt. Ils devaient attendre devant leur ordinateur.

– Merci de nous parler. Nous allons bien. Bientôt plus d'électricité. Nous ne craignons rien pour l'instant, mais nous ne savons pas quoi faire pour les bêtes. Antoine dit qu'elles seront bientôt noyées.

– Oh pétard! j'en étais sûr!

– Qu'est-ce qu'elle doit répondre, ma fille?

Avec Maurice, on se regardait, on pensait la même chose: doit-on demander à ces gens de risquer leur vie pour sauver les taureaux?

– S'ils passent bien sur les remblais, contre la barrière, ils ne risquent pas trop.

– Il doit y avoir un sacré courant.

– Il faut que monsieur Fournet y aille seul et qu'il s'attache à la maison.

– Sa femme n'est pas très costaude!

– Elle est enceinte en plus, le bébé naîtra tout début décembre.

– Ah bon? Tu en sais des choses, toi!

– La poulie pour remonter la barque, voilà où il doit s'attacher ! Et les autres tourneront la manivelle pour l'aider à rentrer, après...

– Tu vois ça comme dans un film, toi...

– Monsieur le maire, d'abord, il faut leur écrire, sur l'ordinateur, qu'ils ne sont pas du tout obligés de faire quelque chose pour les bêtes si c'est trop dangereux.

– D'accord.

Le maire m'a passé son petit téléphone portable. J'ai parlé lentement à sa fille. Là-bas, à Nîmes, elle notait tout.

– S'ils jugent qu'ils peuvent tenter quelque chose, il faut que monsieur Fournet s'attache. Il y a plein de cordes dans la remise. Qu'il s'attache à l'enrouleur de câble. Ils l'ont laissé dans le garage, je l'ai vu l'autre jour. Qu'il prenne une bonne pince, qu'il suive bien le remblai le long des barrières et qu'il coupe les fils barbelés, à ras d'un poteau. Il y a trois rangs de fils, il doit commencer par le plus bas. Il sera sans doute sous l'eau...

Le maire avait l'air complètement affolé :

– Vous ne pensez pas que vous en demandez un peu trop? Vous voulez que cet homme plonge pour couper les barbelés?

– Si ces gens peuvent faire quelque chose, ils le feront. Sans imprudence, je les connais.

– Il y a combien de bêtes?

– Trente à peu près... Si l'eau est haute, comme je le pense, elles se tiendront sur le remblai, contre les barrières. Chaque fois qu'il aura coupé un rang de fil de fer, il faudra qu'il le tire contre la clôture pour que les bêtes ne se prennent pas dedans. Qu'il mette des gants. Il en a. N'oubliez pas: des gants!

– Pas la peine de crier comme ça, elle vous entend.

– Qu'il reste contre le poteau quand les bêtes vont escalader le remblai et monter sur le terrain plus haut. Elles seront affolées, elles risqueraient de l'écraser.

– Et elles vont aller où, ces bêtes?

– Dans le champ qui entoure leur maison. C'est le point le plus haut.

– Dans leur jardin, quoi?

– Heu... pas tout à fait, mais presque...

Dans le petit téléphone, la fille du maire a demandé :

– J'envoie le message ?

On s'est regardés avec Maurice et on a répondu :

– Oui, mais dites-leur bien qu'ils pensent d'abord à leurs enfants. Les taureaux, ça vient après. D'accord ?

– Ce sera dit !

Et elle a raccroché.

Et après on a attendu. Le ciel s'assombrissait au lieu de s'éclaircir. La femme du maire n'était pas là, on a pris le déjeuner avec lui à la lueur des bougies. Des œufs au plat, du pain et du saucisson. On a attendu, attendu, mais pas de message, rien. Le maire a dit : « Si ça se trouve, mon téléphone est dégonflé. » Je ne savais pas que ça pouvait se dégonfler, ce genre de truc. Sans électricité, impossible de le regonfler. Alors, dans une île déserte, un téléphone portable on n'a qu'à le foutre à la mer ! En voilà une bien bonne, tiens ! Le monde moderne me déçoit.

J'étais tellement énervé que j'ai demandé au maire de dire au jeune voisin de nous raccompagner, Maurice et moi. Le rouleur de 4×4 s'était un peu civilisé. Il avait l'air plutôt inquiet. Il avait envie de parler.

– Vous croyez que ça va durer encore longtemps cette pluie ?

– J'en ai bien peur.

– Ça fait bizarre d'être isolés comme ça, sans télé, sans téléphone, sans électricité, et l'eau, au robinet, vous avez vu comme elle est marron ?

– Oui, j'ai bien peur que vous soyez obligé de boire votre pastis sans eau ! a répliqué Maurice, très sérieux.

Chez moi j'ai pris une pilule pour le cœur.

20 février 1881

Ma chère sœur,

Tu sais que depuis le jour où je me suis fait faire mon portrait photographique, je suis passionné par cette technique étonnante. J'ai rencontré un homme, monsieur Roux, qui veut bien tenter d'enseigner cette technique à quelques élèves de l'institut. Je serai parmi eux. Je vois là l'espoir pour les sourds de posséder un savoir-faire tout à fait moderne. Si je n'aimais pas tant le métier de professeur, je me ferais photographe ! Qu'en penses-tu ?

En attendant, j'ai manœuvré habilement pour inciter monsieur Roux à venir photographier l'institut, et il l'a fait au début du mois. J'ai l'honneur de te présenter Fanette, sur cette photographie, au milieu d'un groupe de fillettes. On la voit mal, ses cheveux semblent bruns alors qu'elle est blonde, mais admire son sourire et son air de douceur. C'est tout elle !

Monsieur Roux a bien voulu faire d'elle un portrait en buste. Je l'ai. Je le chéris ! Au grand marché de Sommières, n'y a-t-il pas de photographe ambulant ? J'aimerais avoir ton portrait, ma chère sœur. Je le montrerais à Fanette. Ce serait une façon pour nous trois d'être réunis avant l'heure.

Je t'embrasse très fort.

Jean.

9 septembre 2002

Tout est noir, mais il ne pleut presque plus. Nous, au village, on est sur une hauteur, tout est en pente, l'eau s'écoule, mais en bas, comment ça se présente ? Je ne supporte plus d'être sans nouvelles... Tiens, c'est pas un hélicoptère ? Il s'en va vers le nord. Qui c'est qui tape derrière ?

– Oh ! Maurice, te revoilà ?

– Paulou, c'est la catastrophe, tu sais. La vraie. On peut plus sortir du village.

– Et les Fournet ?

– Pas de nouvelles, apparemment.

– Ah ! pétard de pétard, on va pas rester comme ça à attendre, non ? Tu connais pas quelqu'un qui a une barque ?

– Eh ben, dans la villa à côté, où les gens ne viennent que l'été, il y en a une, de barque. Un truc en plastique. Ils la prennent pour aller pêcher au Vidourle.

– Tu crois qu'on peut la porter à nous deux? Tu as les clés?

Maurice a bien envie de dire non, mais c'est un petit «oui» qui sort de sa bouche.

– Bon, alors on va chez tes Parisiens, on leur emprunte le bateau et on va jusqu'à ma maison.

– Ta maison?

– Enfin, la maison des sourds, quoi! Ne fais pas celui qui comprend pas!

– Paulou, tu es fou!

– Mais tu vois bien qu'il pleut moins! Si on arrive jusqu'au petit mas et qu'on peut grimper sur le mur, on verra ce qui se passe là-bas, tu comprends? On a ramé ensemble des centaines de fois, Maurice, tu vas pas te dégonfler!

– Mais on avait cinquante ans de moins et on ne ramait pas dans les catastrophes!

– Écoute, on va voir. Je suis sûr qu'ils doivent avoir des gilets de sauvetage, les Parisiens.

– Tu parles d'un réconfort!

– Allez ! j'ai fini mon café, on y va. Regarde, il fait presque soleil !

– Presque soleil ? Ne me raconte pas d'histoire, va !

On a porté cette espèce de barque en plastique qui pesait un âne mort. On est allés jusqu'à la route où l'eau clapotait. J'avais jamais vu ça. Jamais. De toute ma vie. De l'eau partout !

On a ramé. N'importe comment au début, et puis après le rythme est revenu et quand on est rentrés dans un tronc d'arbre, on s'est remis à rire aux larmes. Comme des idiots. Les voitures qu'on croisait avaient de l'eau jusqu'au toit. On a vu passer un congélateur qui flottait tranquillement. Il devait venir de la maison du bord de la route.

L'eau était de plus en plus profonde. On allait vers le Vidourle. Mais le muret du petit mas, on n'a jamais pu y grimper, il était englouti, je ne sais pas où, sous un mètre d'eau au moins. On n'est pas allés beaucoup plus loin. La branche basse du cèdre du petit mazet, celle sous laquelle même les camions de trente tonnes passent, nous a arrêtés. On a attaché la barque. Et on a regardé en direction de ma maison, enfin, de la maison des Fournet.

– Tu me passes les jumelles, Maurice?

Là, j'ai vu.

– Oh, pétard de pétard!

– Qu'est-ce que tu vois, Paulou?

– Une catastrophe! Je vois une catastrophe... Monsieur Fournet...

– Quoi?

– Il est torse nu, accroché à la barrière, de l'eau jusqu'à la taille. Il plonge!

– Il est fou cet homme! a crié Maurice.

Oui, il a plongé. Il allait sûrement couper ou récupérer les fils de fer barbelés.

– Il les a déjà coupés, il cherche dessous, ça y est, il tient le fil de fer, il le tire. Il l'accroche à un piquet. Il a du courage, cet homme! Il coupe un autre fil sous l'eau, il l'entortille. Un autre. Ça y est!

– Quoi, ça y est?

– Le passage est libre. Mais qu'est-ce qu'ils font, ces idiots de taureaux? Ils sont tous massés au point le plus haut, les veaux ont juste les naseaux qui dépassent et les yeux fous qui roulent.

– Montre-moi, Paulou !

Il a pris les jumelles.

– Oh pétard ! elles ont l'air paralysées de peur et de froid, ces pauvres bêtes, elles ne vont pas bouger. Les veaux sont fichus ! Monsieur Fournet fait des grands signes dans leur direction, mais ça ne marche pas. Elles restent plantées là, ces bourriques !

– Et à la maison, tu vois le petit Antoine et sa mère ?

– Non, je ne vois rien. Monsieur Fournet fait des signes, justement vers la maison. Il leur demande de tirer la corde. Il va rentrer, sûrement.

– Bien sûr, c'est ce qu'il a de mieux à faire !

– Oui, je vois la corde qui se tend. Oh ! là, là !

– Quoi ?

– Il y a du courant. Oh !

– Quoi ?

– Ils ont dû lâcher là-bas, il est tombé dans l'eau !

– Bon sang de bois, on n'aurait jamais dû leur demander ça ! Et pour rien en plus ! Oh, misère ! mais quelle idée on a eue !

– Il se relève.

– Ah!

– Il se tient toujours à la corde, il avance une main, une autre, il avance. Il avance, il est sur la butte. Ça y est, il rentre!

– Ouf! Maurice, tu veux bien fouiller dans ma poche, tu prends la petite boîte en plastique.

– C'est quoi?

– Mes pilules.

– Tu prends la pilule?

– Tais-toi, cherche!

– Et pourquoi tu cherches pas, toi?

– Moi j'ai la main qui tremble, regarde!

– Ah ça, tu sucres bien les fraises! On dirait... tu sais quoi? Un danseur de rap!

– Dépêche-toi, donne-la-moi, cette pilule! Il ne me faut pas d'émotions, tu comprends?

– Et moi, tu crois qu'il m'en faut, peut-être?

– Oh! qu'est-ce que c'est que ça?

– On dirait comme une fusée!

Pschouiitt!

– Elle est tombée dans l'eau, à côté des bêtes. Oui, ça vient de la maison, c'est monsieur Fournet qui l'envoie. Il veut leur faire peur pour qu'elles bougent.

– Et alors?

– Elles bougent pas, ces andouilles! Une deuxième fusée. Pschouiiit! Ça y est! Elles commencent à bouger, elles se mettent à nager! Mince, elles vont vers le bas! C'est pas possible d'être aussi bêtes!

– Une autre fusée!

– Il leur a fait changer de direction. Tu sais qu'il est drôlement fort cet homme avec ces fusées?

– C'est pas croyable!

– Ça y est, elles se précipitent dans l'ouverture. Elles montent! Elles montent!

– Fais voir! Oui, elles passent. Pourvu qu'elles n'écrasent pas les veaux. Ça y est, elles sont toutes montées sur le muret du jardin. Elles ont les pattes raides, elles ont dû avoir froid. Les veaux ont de l'eau jusque sous le ventre. Les Fournet doivent être mouillés dans la maison! Eh bien, mon petit Antoine, toi qui veux toujours approcher les taureaux, tu vas en avoir un dans ton salon si ça continue!

– Bon maintenant, Paulou, c'est plus le moment de rigoler, il faut revenir au village.

– Regarde, les Fournet, ils sont à la fenêtre ! Secoue la branche ! Secoue la branche qu'ils voient qu'il y a quelqu'un !

– Mais tu es fou, tu veux me faire tomber ?

– Tiens, prends mon ciré et on le secoue tous les deux. Ils regardent par là ?

– Oui, je crois. Ils font des signes.

– Tu as vu le courant du côté du Vidourle ? Tous ces troncs qui apparaissent et qui disparaissent ? Ces voitures qui partent à la mer ? Et ce bruit que ça fait ?

– C'est effrayant. Heureusement qu'ils n'entendent rien, les Fournet. On dirait le Niagara. Il doit y avoir des victimes partout, Paulou.

– Bon, allons-nous-en. L'eau ne pourra pas monter beaucoup plus. Les bêtes sont sauvées et les pompiers sortiront les Fournet de là demain, l'eau ne va pas baisser très vite. Et il repleut ! Oh, merde ! Maurice, le courant nous a poussés à l'aller et maintenant il nous est contraire. Je crois que je n'aurai pas la force de ramer.

– Ah, j'en étais sûr ! Toujours le même ! Tu te lances dans les ennuis sans réfléchir et après... Mais de quoi on a l'air tous les deux assis sur cette grosse branche en plein au milieu de la catastrophe ? Tu peux me le dire ?

– Oh ! toi, Maurice, tu as toujours fait trop attention à l'air que tu as ou que tu as pas...

– Qu'est-ce que tu veux dire ?

– Tu le sais très bien ce que je veux dire. Si tu t'étais pas tant demandé de quoi tu aurais l'air avec une femme boiteuse, tu l'aurais épousée la Carmen et tu n'aurais pas passé ta vie seul comme un vieux sanglier ! Jolie et intelligente, la Carmen, mais toi, non... de quoi j'aurais l'air... boiteuse et gna gna gna...

Maurice me regardait, en se grattant le menton, médusé.

– Et au bout de cinquante ans, tu attends qu'on soit perchés dans un arbre et bientôt noyés pour me dire ça ?

– Oui. Je n'ai jamais trouvé de meilleur lieu ni de meilleur moment ! Regarde, c'est pas les bénévoles là-bas dans le canot à moteur ?

– Oui ! Hé, hé, hé ! Ils nous ont vus !

Nous avons attaché notre embarcation au canot des jeunes pompiers bénévoles du village mais, pour repartir, ça n'a pas été facile. Le canot peinait. Nous essayions de ramer. Maurice et moi nous pensions la même chose: «Pourvu qu'il me fasse pas un "infractus", celui-là!» Arrivés au bas du village, les jeunes ont détaché le bateau en plastique. On n'a pas eu la force de le remonter. On l'a attaché au gros figuier et on est repartis à pied avec nos gilets de sauvetage jaunes sur le dos, de l'eau jusqu'aux mollets. Quand le maire nous a vus arriver, il a rigolé, mais quand on lui a dit ce qu'on avait vu, ça l'a calmé. Son téléphone était toujours dégonflé, alors Maurice a dit:

– Il faut réquisitionner les téléphones qui marchent.

– Et comment? On ne peut même pas faire d'annonce au haut-parleur.

Alors j'ai eu une idée, ou plutôt c'est une idée qui m'a sauté dans la tête, comme toujours, avant même que je réfléchisse.

– Mon grand-père était garde champêtre, il annonçait tous les événements en passant dans les rues avec sa trompette. Je vais la chercher et je veux bien être pendu si je ne vous trouve pas un téléphone gonflé, nom de Dieu de nom de Dieu !

Me voilà parti, toujours avec mon gilet de sauvetage. La trompette de mon grand-père, je l'ai toujours vue et Juliette l'a gardée bien brillante pendant des années. Elle est pendue dans la salle à manger au-dessus de la télé. Je l'ai secouée pour en faire tomber les mouches mortes et je me suis mis à souffler là-dedans de toutes mes forces. En un éclair, j'ai revu mon grand-père, trompetant au soleil sur la place. Un bonhomme à la tête ronde, qui ressemblait à Napoléon. J'ai soufflé, les gens ouvraient leur fenêtre et Maurice criait : « Urgent, urgent ! La mairie demande des téléphones portables pour communiquer avec les pompiers. » Un jeune couple nouveau au village nous a descendu un téléphone du premier étage au bout d'une ficelle parce que l'eau était remontée de leur cave et qu'ils ne pouvaient pas sortir. Et puis la femme de notre médecin et enfin, dans la rue Droite, c'est Sophie Marmande qui nous a donné le sien dans un petit sac en perles. En un quart d'heure on avait trois portables !

– Tu te rends compte, Paulou, la Sophie Marmande, elle a un portable ! Elle est moderne !

La Sophie est une de nos copines de classe. Elle a toujours été amie avec Juliette. Elle a soixante-quatorze ans, comme Maurice, mais elle, elle a vécu à la ville, elle a vécu en Afrique, elle en a fait des choses dans sa vie ! Et des plus modernes que d'avoir un portable ! Elle est revenue au village à la retraite, avec Emma et Roland, une fille blonde et un fils noir, enfin, métis. Les gens en ont parlé des mois entiers dans le village ! Elle rigolait. Maintenant, les langues se sont tues. L'été, elle vient à la fête, entourée de ses quatre petits-enfants de toutes les couleurs, resplendissante ; à part Juliette et moi, je crois que personne ne connaît son secret.

Le maire a réussi à téléphoner aux pompiers. Il paraît qu'ils ont hélitreuillé quarante personnes qui étaient sur le toit des maisons au milieu des eaux, autour de Sommières. Ils disent qu'ils n'en peuvent plus, que la météo se calme, qu'ils viendront demain matin récupérer les Fournet.

Pas de télé, pas de radio ni d'électricité. Une petite bougie dans la cuisine. La maison est lugubre. Je pense à eux là-bas. Que d'émotions pour la petite madame Fournet ! Pour essayer de m'endormir, j'ai tout raconté à Juliette dans les moindres détails. D'habitude, ça m'aide à trouver le sommeil, mais ça ne marche pas toujours. Il a plu sans arrêt jusqu'au matin. Une grosse pluie méchante qui veut tout engloutir. J'ai parlé à Juliette toute la nuit. Maintenant qu'elle peut tout entendre, je lui parle aussi de ce petit enfant qui a si peu vécu et qu'elle n'a jamais oublié. Et le matin est là.

6 juin 1883

Ma chère sœur,

Après le nouveau refus de ses parents de permettre à Fanette de m'épouser, je l'ai revue, très triste et amaigrie. Elle a fait un effort pour me sourire, mais son regard m'a fait peur. Elle semble ne plus avoir d'espoir. Sa raison même semble menacée. J'ai pensé un moment l'enlever. Mais il faudrait alors quitter Paris et vivre en parias, nous cacher. Que deviendrions-nous ? Pas grand-chose d'heureux certainement.

Pourtant, j'ai écrit lettre sur lettre à ses parents. Comment peuvent-ils plonger ainsi leur fille dans le malheur ? Ils m'ont répondu qu'ils ne tenaient pas à augmenter le nombre des sourds sur terre.

Leur argument ne tient pas car Fanette est devenue sourde après une fièvre typhoïde et la plupart des élèves que j'ai eus, comme moi, ont des parents entendants.

Je suis assez découragé, surtout que les effets du congrès de Milan de 1880 se font maintenant sentir pleinement. Les entendants sont bien décidés à nous réduire au silence et à l'imbécillité! On m'a dit qu'en Amérique, un nommé Bell, couvert de louanges pour avoir inventé un appareil à parler de loin, qui s'appelle je crois «téléphone», a décrété qu'il fallait stériliser les sourds. Si l'Amérique n'est plus un refuge pour nous, tout est perdu.

J'attends une lettre de toi qui me guide et me donne espoir.

Je t'embrasse très fort.

Ton frère. Jean.

PS: Avant de clore ma lettre, je viens de lire un petit article de ce fameux monsieur Bell. Je l'ai traduit de l'anglais et te l'envoie. Tu ne trouves pas extraordinaire que cet homme ne considère les sourds que comme des êtres à qui il manque quelque chose et la surdité comme une tragédie?

Si je pouvais, je lui écrirais : « Monsieur Bell, conservez-moi mon beau métier, laissez-moi vivre avec une femme aimante et vous verrez que la surdité est pleine d'éclats de rire ! »

10 septembre 2002

Il est huit heures, Maurice frappe à ma porte. On monte à la mairie. Le soleil est là, enfin.

– Alors, monsieur le maire, ils arrivent ces pompiers ?

– Non, ils sont pas près d'arriver. Ils sont partis à Aramon. Il paraît que les digues ont pété là-bas. Il y a des morts.

Maurice, qui a du vocabulaire d'habitude, n'arrête pas de répéter :

– Eh bé, pour une catastrophe, c'est une catastrophe !

– Mais les Fournet, ça fait trois jours qu'ils sont coincés chez eux, ça commence à faire long, quand même !

– Et les bêtes, si elles mangent pas...

– Oh ! arrêtez avec les bêtes, on a déjà suffisamment de problèmes avec les humains !

Maurice se tait, son front est plissé, il se frotte le menton.

– Comment on pourrait communiquer avec eux, à ton avis ?

– Je sais pas. La fille du maire a perdu le contact, ça veut dire que le groupe électrogène est mort. On a essayé de leur envoyer un message inscrit sur leur téléphone, un SMS ça s'appelle, grâce au directeur de l'institut qui nous a donné leur numéro, rien.

– Ça veut dire qu'il est dégonflé.

– Qui ?

– Leur téléphone.

– Oui. Les porte-voix, ça ne sert à rien... Et pour écrire un mot de si loin, il faudrait des lettres d'un mètre... Je deviens fou en pensant qu'ils sont tout seuls là-bas !

– Et le morse ?

– Quel morse ?

– On peut communiquer avec le langage morse, tu sais ? Tic tic tic, tac tac tac.

– Et comment veux-tu qu'ils entendent tes tic tic tic, tac tac tac?

– Je crois qu'on peut faire des signes avec des lampes, des miroirs, même avec les bras.

– Ah bon? Tu crois?

– Viens chez moi. Pendant la guerre, mon frère était dans la Résistance. Quand il est revenu de prison, il m'a montré un livre de morse, il m'a expliqué un peu comment ça marchait. Ils communiquaient à travers les murs de la prison avec ça... Je jette rien, on doit le retrouver.

Ce Maurice, quelle mémoire il a! On a cherché pendant une heure dans son grenier. Je tenais la bougie. Tout est classé par année, comme les sédiments dans les roches. Maurice a plongé dans les cartons. Je ne voyais que son derrière pointu au milieu des volutes de poussière.

– Ça y est, mon vieux, je le tiens!

– Alors? Qu'est-ce que ça dit?

– Heu... voilà : c'est un alphabet créé avec des sons longs et des sons courts.

– Mais ça sert à rien, alors!

– Attends! Non seulement des sons mais des

traits, des couleurs, des éclats lumineux. Regarde, voilà l'alphabet.

– Il faut encore qu'ils le connaissent, les Fournet !

– Ah, ça ! on va tenter. S'ils ne connaissent pas le morse, tant pis.

– En plein jour, comment on va faire ? On va pas faire des effets de lumière !

– Tiens, j'ai une idée. Prends ce vieux parapluie, là. Ouvre-le, ferme-le. Oh, bon Dieu, quelle poussière ! Tu le fermes vite puis tu le gardes ouvert un petit moment et voilà, ça fait un court, un long. Tu as écrit « A ».

– J'ai écrit A ?

– Et si tu fais comme ça : un long, trois courts, tu as écrit « B ».

– Alors là, j'en reviens pas ! Vite, allons-y !

On s'est fait accompagner par le maire en tracteur. L'eau n'avait pas baissé. On a fait grimper Jordan, le fils du maire, sur la grosse branche du pin du mazet. Avec le parapluie rouge de Maurice. Il a commencé par remuer la branche pendant un quart d'heure avant qu'Antoine le voie. Monsieur Fournet est venu le rejoindre à la fenêtre. Maurice a dit à Jordan :

– Maintenant qu'il t'a vu, tu ouvres le parapluie une fois lentement et trois fois vite, puis te le baisses, puis trois fois lentement, tu le baisses, puis une fois lentement et une fois vite, tu le baisses, puis vite et trois fois lentement, tu le baisses, puis trois fois lentement, tu le baisses, puis deux fois vite et une fois lentement.

– Ils ont quitté la fenêtre ! a crié Jordan.

– Mince ! ils ne comprennent pas. Dommage, on avait presque réussi à leur dire bonjour en morse. Tu t'es bien débrouillé, mon garçon !

C'est vrai, il s'appliquait. Il m'a plu ce petit, je ne le connaissais que comme allumeur de pétards sous les gradins pendant la fête et descendeur d'escaliers à vélo, mais là il était très bien.

– Ils ne comprennent pas le morse, mon vieux, pas étonnant, ça date de la guerre de 14, ton truc !

– Non, regardez, monsieur Fournet est revenu ! a crié Jordan.

– Qu'est-ce qu'il fait ?

– Il envoie des éclairs !

– Monsieur Fournet a pris un miroir, Maurice, il envoie des signaux dans notre direction ! Des courts, des longs.

– Du morse ! Du morse ! Calmons-nous, dis-moi les signes, Jordan.

– Court, court, court, arrêt, long long long, arrêt, court court court. Plus rien.

Maurice, qui tenait son petit livre de morse jaunâtre et son petit crayon, est devenu soudain tout pâle.

– Qu'est-ce qu'il y a, Maurice ?

– « SOS. »

– Quoi, « SOS » ?

– Monsieur Fournet appelle au secours. Danger de mort.

– Mais...

– Attends, continue, Jordan, je note... FEMME VA TRÈS MAL NAISSANCE.

– Oh pétard ! Vite, appelez les pompiers !

Le maire a téléphoné. Il criait :

– LE COURANT EST TROP FORT AUTOUR DE LA MAISON, ON NE PEUT PAS Y ALLER ! VOUS CROYEZ QU'ON LAISSERAIT CETTE FEMME SEULE SI ON POUVAIT ALLER L'AIDER ? AMENEZ-VOUS TOUT DE SUITE ! LES MORTS À ARAMON, ILS SONT MORTS, MAIS ICI, C'EST SI VOUS NE VENEZ PAS QUE ÇA VA SE GÂTER !

J'ai vite pris une pilule avant que mon cœur se mette à faire le mariole.

– Ils arrivent tout de suite. Allez, on rentre au village !

– Non, attendez, il faut leur donner courage. Remonte, Jordan. Maurice, on va simplement leur dire : « Pompiers. Vite. Courage. »

– D'accord. Allez, petit, lève le parapluie. Tu y es ? Paulou, il faudrait pas leur dire surtout « hélicoptère » ?

– Oui, tu as raison.

– Court long long court/long long long/ long long/ court long long court/court court/ court/court long court/court court court. J'ai dit « pompiers ».

– C'est long.

– Je vais dire « hélicoptère ». Ça va, Jordan ?

– Oui.

– Court court court court/court/court long court court/court court/long court long court/ long long long.

– Il fait signe qu'il a compris ! Il rentre dans la maison.

– J'avais seulement dit « hélico »...

L'hélicoptère est arrivé dix minutes après. Monsieur Fournet avait sorti un grand drap bleu par la fenêtre, les pompiers l'ont vu. Ils ont envoyé le filin. Il y avait un médecin au bout. Il est passé par la fenêtre. Ça a duré longtemps. J'ai pris deux fois des pilules. Je transpirais. J'avais peur. Maurice aussi était vert. Si on avait été deux vieilles femmes, on se serait pris la main, mais on est deux vieux bonshommes, alors on ne le fait pas. Chacun son angoisse. Plus personne ne venait à la fenêtre, on ne savait pas ce qui se passait là-bas. Je pensais très fort à mon petit Antoine. L'hélicoptère tournait autour de la maison. Ça faisait un bruit infernal et lui il n'entendait rien.

Et puis l'hélicoptère s'est approché de nouveau du toit. Au bout du filin il y avait comme un grand sac de couchage. Le médecin et monsieur Fournet ont enveloppé la petite dame dedans et elle s'est élevée dans les airs, au-dessus de l'eau boueuse et des taureaux noirs serrés autour de leur maison. Les pompiers l'ont attrapée, l'ont enfournée dans l'hélicoptère, puis c'est Antoine qui s'est envolé et enfin monsieur Fournet et le docteur, et la grosse libellule est partie en direction de Montpellier. Elle a bientôt disparu dans le soleil.

– Allez venez, a dit le maire, venez boire un coup chez moi, ça va aller maintenant.

Ça va aller, il en a de bonnes, lui ! Qu'est-ce qu'il en sait ? La peur ne me quittait pas. Je ne pouvais remuer ni pied ni patte. J'étais muet.

– Paulou ? Reprends-toi, tu ne vas pas nous faire un...

– Un « infractus » ? Non, tu vois pas que l'hélicoptère est déjà plein ?

Et nous avons ri.

Paris, le 20 juillet 1887

Ma chère sœur,

Pardonne mon long silence. Je ne t'ai pas écrit depuis quatre mois car ce que je craignais le plus au monde est arrivé. J'ai tellement honte, mon désespoir est si profond que je n'ai pas osé t'en faire part aussitôt. Je t'ai déjà dit que la méthode d'enseignement par la langue des signes était interdite à présent dans tout le pays. Les nouveaux arrivants à l'école ont été tenus à l'écart des élèves déjà grands qui communiquent par gestes. Peu à peu, tous les professeurs sourds ont été licenciés et remplacés par des instituteurs entendants qui ne savent rien des signes et pas grand-chose des mathématiques ni de la géographie, comme je l'ai constaté. Moi-même je n'enseigne plus, je suis chargé des comptes de l'institut. On m'interdit de rencontrer les nouveaux élèves. Les derniers grands élèves partis, on n'a plus toléré aucun signe. Ils ont même renvoyé le jardinier, le cuisinier et ses deux assistants car ils sont sourds et auraient pu «contaminer» les nouveaux élèves. Contaminer! On fait comprendre aux enfants qu'ils doivent avoir honte d'eux-mêmes quand ils signent. Des trous ont été percés dans la porte du dortoir pour les espionner. Les petits élèves qui sont pris à communiquer avec leurs semblables par signes sont punis et battus. Les enseignants s'acharnent à faire parler des enfants qui sanglotent et parfois vomissent au cours des exercices d'articulation qui leur sont une torture. On ne leur apprend plus à compter mais à dire des chiffres, on ne leur apprend plus à penser mais à prononcer des sons. Les maîtres entendants disent d'eux qu'ils sont des sauvages et des bêtes. Comment est-ce possible? Par la méthode des signes, nous parvenions à devenir poètes et journalistes et encyclopédistes, comme Ferdinand Berthier, et aujourd'hui tous les sourds sont débiles? Oh! ma chère sœur, si le fondateur de notre école revenait, notre cher abbé de l'Épée, quel désespoir cela lui causerait !

Mais je ne peux pas croire que cette folie persistera. Je veux être là le jour où chacun retrouvera la raison et où tout reviendra dans l'ordre. Ce cauchemar ne profite à personne.

J'ai laissé aller ma peine, ne m'en veux pas, j'en avais besoin. Tous mes amis sont partis. Edgar de Cahuzec est retourné à Caen s'occuper de la fabrique de son père. Je suis seul, mais je ne désespère pas.

Je t'embrasse.

Ton frère. Jean.

11 septembre 2002

Heureusement, les choses se sont bien passées pour madame Fournet. Le lendemain de leur envol pour Montpellier, monsieur Fournet a envoyé un message à la fille du maire pour nous annoncer qu'une petite Mélodie était née, en bonne santé mais si petite qu'elle resterait au moins deux mois à l'hôpital. Antoine et son père aussi resteront jusqu'à Noël à Montpellier. Antoine par mail demandait des nouvelles des taureaux et de moi.

J'ai fait semblant de me moucher quand le maire m'a dit ça, j'ai cru que j'allais pleurer de joie !

– Maintenant, monsieur le maire, avec Maurice on vous demande d'ajouter une page au journal du village qui sera distribué lundi et on va raconter tout ce qu'on a vu. Que tout le monde sache que « ces gens-là », ils leur ont sauvé leurs taureaux !

– D'accord !

Avec Maurice, on a travaillé jusqu'à une heure du matin. On a relu, corrigé comme des fous. On n'était pas toujours d'accord. Maurice ne voulait pas qu'on « culpabilise » les gens, moi j'ai dit : « Non, les Fournet, ils ont été mal reçus au village, tout le monde le sait, alors autant le dire une bonne fois et après on n'en parlera plus. » On a gaspillé un tas de papier !

– Tu te rappelles, Paulou, quand tu me faisais écrire des mots romantiques pour Juliette ?

– Bien sûr que je me rappelle. Mais quand j'ai lu *Cyrano de Bergerac*, j'ai pris peur. J'ai eu peur que Juliette, ce ne soit pas moi qu'elle aime, mais tes lettres.

– Pourtant, tu m'en as fait écrire et écrire des pages, et c'était jamais assez beau, jamais assez poétique !

– Oui, mais je les lui donnais pas...

– Ah ben ça alors, mon cochon ! J'ai fait tout ce travail pour rien ?

– Ça te faisait plaisir, non?

Maurice est resté pensif, puis il a poussé un gros soupir.

– Moi aussi j'avais lu *Cyrano de Bergerac*...

On a écrit une page entière et au bas on a mis nos noms et nos numéros de téléphone.

12 septembre 1887

Chère Mariette,

Écrire ces mots m'est une peine immense, mais je dois m'y résoudre : je ne suis plus employé par l'Institut national des sourds-muets. *J'ai été renvoyé. Il ne reste plus un professeur sourd à l'institut. Depuis le mois d'août, je travaille comme copiste dans la Grande Imprimerie du Nord. Et cela ne serait pas si grave si mon amour, ma douce Fanette, n'avait été, elle aussi, déchue de ses fonctions d'enseignante et enfermée dans le refuge des jeunes sourdes muettes indigentes où certainement elle finira ses jours si personne ne la sauve. Je refuse cette idée. Fanette est la femme qui doit vivre à mes côtés, comprends-tu ? Je suis allé au refuge au bas de la rue Saint-Jacques, j'ai voulu parler au nouveau directeur. Il ne sait pas la langue des signes et n'a pas voulu lire jusqu'au bout ce que j'inscrivais sur mon ardoise. Il a écrit sur le tableau noir que je ne verrais plus Fanette, qu'elle était ainsi à l'abri de la séduction et que très prochainement une loi empêcherait les sourds de procréer. Ma chère sœur, je t'en supplie, essaie, toi, d'intercéder auprès de ces gens. Je ne peux supporter l'idée de ne plus voir mon aimée, de la savoir recluse, emprisonnée, uniquement parce que Dieu l'a faite sourde. Crois bien que je n'exagère pas si je te dis que je ne peux pas imaginer la vie sans elle.*

Je ne te cache pas que je suis moralement très abattu, mais j'entreprends toutes les démarches possibles pour obtenir le droit d'épouser Fanette et après nous partirons dans le Midi. Tu nous aideras à élever les enfants que tu n'as pas eu la chance d'avoir. Peut-être devrais-tu venir à Paris pour me seconder dans mes démarches ?

Moi qui croyais continuer sur la belle lancée de ma vie de professeur et d'éveilleur d'intelligence, je suis accablé, réduit à rien. J'ai besoin de ton aide.

Ton frère qui t'aime. Jean.

20 septembre 2002

– Dis, Maurice, tu sais comment il a appris le morse, monsieur Fournet?

– Non.

– Il l'a dit dans son dernier mail à la fille du maire. Il l'a appris dans un camp de scouts sourds.

– Je savais pas que ça existait.

– Que quoi existait?

– Les camps de scouts sourds...

– Il y a des tas de choses qui existent sans qu'on le sache...

– N'empêche que le morse, pour communiquer de loin, sans la voix, c'est pas mal.

– Mais il faut pas être pressé!

Dès le mardi, le téléphone a sonné sans arrêt, on se serait cru aux urgences!

À la demande générale, on a fait une réunion vendredi à la mairie. C'était bien, mais à part dire: «Oui, il faut faire quelque chose pour les remercier et mieux les accueillir» «On va leur dédier la fête l'été prochain», il n'y avait aucune proposition vraiment intéressante. Et puis la petite institutrice qui a les lèvres maquillées en prune et les cheveux rouges dressés sur la tête est arrivée, en retard, avec un jeune homme. Elle a dit: «Je vous présente Olivier, il habite Caveirac, il est professeur de langue des signes. Il est sourd. Je lui ai montré l'article de Paulou et Maurice. Il a voulu venir...»

16 janvier 1889

Ma chère sœur,

Nos cousins Peyre m'ont averti de ta maladie. Voici donc pourquoi je n'ai pas eu de nouvelles depuis deux longs mois ! Ils me disent qu'à ton retour de Paris tu étais très affectée et faible. Oui, je sais, ma chère sœur, les quatre mois que tu as passés dans l'humidité et le froid de Paris à me soutenir, à frapper à toutes les portes en vain pour tenter de recoudre les morceaux de ma vie partie en lambeaux ont été pour toi un supplice. Mais n'oublie pas que, dans ce désastre, tu es ma seule famille, la personne qui compte le plus au monde pour moi. Avec ton appui, je me sens capable d'enlever Fanette, de l'emmener en Amérique où l'on me dit que les sourds sont encore, malgré monsieur Bell, considérés comme des êtres libres. Tu viendras avec nous. On m'a accordé un congé, je pars après-demain pour te retrouver. Je te soignerai avec autant de patience que tu en as eu pour calmer mon désespoir. Nous irons nous promener ensemble dans le petit bois au bord du Vidourle quand tu iras mieux. Attends-moi, écoute bien les conseils de notre tante. Je serai là deux jours après ma lettre.

Je t'embrasse avec affection.

Ton frère.

Jean.

10 octobre 2002

Maurice a retrouvé dans les archives de la mairie les lettres du « sourd pendu ». Il s'appelait Jean Peyre. Il avait trente-et-un ans lorsqu'il est mort. De désespoir. Je les ai lues et les relis à présent très lentement. J'en ai le cœur tout bouleversé. Même si je pense souvent que le monde actuel va de travers, je veux croire que certaines choses se sont améliorées.

Nous recevons régulièrement des nouvelles des Fournet. C'est vrai que c'est drôlement bien, Internet ! Je vais chez Sophie-la-moderne lire et écrire mes messages. Je me régale ! Elle, avec ça, elle correspond avec ses petits-enfants dispersés aux quatre coins du monde. Elle aide même sa petite-fille qui est à Dakar à faire ses devoirs !

Je donne des nouvelles des taureaux à monsieur Fournet et lui des nouvelles des enfants. La petite Mélodie grossit à une allure ! Elle pèse deux kilos et demi. Antoine travaille bien à l'école. J'ai reçu hier sur écran un dessin, un taureau sous une pluie oblique, comme s'il était vu derrière des barreaux. Mais je préfère le papier...

J'ai demandé à Michel Fournet où il avait appris à manier les fusées et où il les avait trouvées. Il m'a répondu que son père était artificier, qu'il aimait beaucoup les feux d'artifice et que les fusées qu'il a envoyées sur les taureaux, il avait pensé les faire exploser sur le Vidourle, un soir, sur une barque. C'est une bonne idée, il va falloir qu'il nous fasse ça au printemps. Au moins, sur le Vidourle, on risque pas de mettre le feu ! J'imagine ça devant le moulin et tous les spectateurs en face, à la guinguette. Magnifique !

Olivier vient à l'école deux matinées par semaine pour donner des cours de langue des signes aux enfants et deux soirées par semaine au foyer pour les adultes. On a dû se scinder en deux groupes, on était trop nombreux. Qu'est-ce qu'on a pu peiner et rire au début ! Le plus difficile pour moi, ça a été de ne pas me laisser hypnotiser par les gestes d'Olivier mais de chercher à les comprendre et à les mémoriser. Et puis peu à peu, les gestes, les mimiques, tout est devenu normal. On veut faire quelque chose pour Noël, une espèce de spectacle, alors il faut s'accrocher !

Avec Katia, l'institutrice, on a envoyé un mail aux Fournet.

« Si la petite Mélodie va bien, cela nous ferait un très grand plaisir de vous inviter pour la soirée de Noël au village. » Nous avons contacté Laurence, l'interprète, qui est d'accord pour venir.

– Quand même, ils sont gonflés de l'appeler Mélodie ! a dit Katia en riant.

Et moi, j'ai ri aussi. Mélodie, Mélodie, quelle tête elle a cette petite Mélodie ?

6 décembre 2002

Pour avancer plus rapidement, nous faisons une séance de signes entre nous le mardi pour réviser, et une séance le vendredi avec Olivier. Il nous a installé la vidéo, au foyer, ça nous aide énormément. On peut venir la voir quand on veut. C'est drôle de voir des personnes qui regardent la télé en gesticulant. C'est comme une gymnastique, mais au moins c'est utile ! À présent, aux cours d'Olivier nous passons de longs moments à signer sans rien dire. C'est très particulier un tel silence, si plein de paroles. Pour moi, le plus difficile c'est de reproduire les gestes qu'Olivier nous montre alors qu'il est placé en face de nous. J'aurais envie de me mettre à ses côtés pour ne pas confondre ma main droite et ma main gauche. Souvent je m'embrouille. J'aime le signe «naissance», avec le poing fermé comme une tête de bébé qui passe sous la main gauche. Nous avons bien rigolé en apprenant «bébé», justement. Jeanne, notre bibliothécaire, secouait son poing comme un hochet et Olivier nous a expliqué en riant qu'elle était en train de martyriser ce pauvre bébé. Si on dit un mot tendre, il faut signer tendrement. L'expression du visage compte énormément aussi. Si vous signez «bonjour» sans un sourire, la personne en face sera troublée. Nous, nous avons les inflexions de la voix pour savoir si la personne est sincère, si elle cache quelque chose, eux ils lisent sur le visage. Les premières séances nous ont épuisés, mais Olivier est très bon professeur, il a de l'humour, il nous fait deviner beaucoup de signes simples comme «cuisiner». Ma première phrase signée est celle-ci: «Les sourds discutent en conduisant une voiture.»

J'ai vu deux gamins au bureau de tabac qui communiquaient par signes derrière le tourniquet de cartes postales et qui rigolaient tant et plus.

Je sens qu'ils vont en faire des bêtises grâce à ça ! Ça me donne des idées.

Maurice est terrible, il est raide comme un piquet, il a du mal à mémoriser les signes, alors, pour faire son malin, le vendredi soir après le cours, il accapare Olivier en lui demandant comment on signe « orage » et « fureur » et « délicatesse » et même « infractus » ! Il s'acharne à trouver un mot qu'on ne pourrait pas traduire en signes. Mais même « entendre », même « bruit » ça se traduit. Il a de ces idées, ce Maurice !

19 décembre 2002

J'ai entraîné Maurice qui n'était pas trop en forme et Sophie Marmande faire un commando à la boulangerie, histoire de s'entraîner. On n'a pas ouvert la bouche, on a commandé les pains et les tartelettes par signes. La boulangère « inélégante », comme dit Maurice, était complètement ahurie. Aux murs il y a des belles peintures de taureaux en Camargue que l'autre boulangère avait faites, alors on s'est mis à les décrire par signes en les montrant.

Sophie a signé : « Regardez la tête de la sorcière ». Pour dire « sorcière », on fait le signe du nez crochu et de touiller la marmite, et l'autre nous regardait, ahurie, c'était à mourir de rire !

2 janvier 2003

Ils ne sont pas venus pour Noël mais pour le jour de l'an.

Une fête comme ça, depuis mon mariage je crois que je n'en avais pas vu ! Les enfants ont décoré la salle du foyer avec plein de dessins représentant les inondations, les taureaux et les hélicoptères. On a installé de grandes tables couvertes de draps blancs que les dames du troisième âge ont décorées avec du lierre et des boules de Noël. C'était beau !

Avant que les Fournet arrivent, on avait tous le trac. Tout le monde révisait ses signes en criant : « Hé, Sylvie, regarde, c'est bien comme ça qu'on signe "content" ? Et "gâteau", ça se fait comment ? »

Tout le monde s'excitait, riait, et les petits piaffaient derrière le rideau.

Laurence est arrivée très tôt. Avec Olivier, dans un coin de la salle, ils ont entamé une conversation virevoltante. Les petits, médusés, observaient la vitesse de leurs mains et leur visage mobile ; Sophie Marmande a dit en passant : « Eh bé ! pour en arriver là, on a des progrès à faire ! »

Tout à coup Mireille a crié : « Ils arrivent ! » J'ai pris une pilule, j'avais pas envie de manquer la fête. Les voilà qui arrivent, tout frigorifiés avec une grosse poussette. Alors, tout le monde s'est précipité pour voir le petit bout de chou enfoui sous les couvertures et les gens ont commencé à signer la phrase qu'ils avaient préparée. Dans un de ces désordres ! « Bienvenue parmi nous. » « Tous nos vœux de bonheur pour la nouvelle petite. » « Bonne année. » « On a eu très peur pour vous. » « Merci pour les taureaux. » Ah ça, « taureaux », ils savent bien le dire, tous ! Et puis chacun voulait signer avant d'oublier, alors c'était à toute allure « merci » et « venez vous asseoir » et « nous sommes joyeux », et derrière le rideau les enfants hurlaient : « Et nous, et nous ? Installez-vous, à la fin, qu'on fasse notre spectacle!» Les Fournet étaient complètement éberlués. Sidérés. La petite dame semblait presque avoir peur. C'est Antoine qui a réagi le premier. Il a commencé à signer. J'ai compris «bonjour, heureux, bébé et hélicoptère», évidemment. Laurence a traduit parce qu'on avait l'air idiots, tous, devant Antoine qui continuait son discours voletant. Il m'a vu, il m'a fait un clin d'œil. Il est venu m'embrasser. Il avait l'air émerveillé, mais en même temps il semblait trouver cela normal. C'est comme ça, les enfants, ils s'adaptent en un clin d'œil. Il m'a regardé en fronçant les sourcils et en se frottant le menton. J'ai compris qu'il me demandait des nouvelles de Maurice. J'ai signé «malade». Malheureusement, Maurice est malade et pas près de sortir de son lit. C'est ce qui fait que cette fête est belle et en même temps si triste pour moi. Je le connais, le Maurice, il a tellement peur de souffrir si j'avais un «infractus» que cet idiot va se débrouiller pour mourir avant moi. Oh, ça ne m'étonnerait pas!

J'avais un peu le tournis. Les gens s'agitaient dans tous les sens devant les Fournet et répétaient leurs phrases signées, de peur de n'être pas compris. D'autres criaient. Tout à coup, la lumière s'est éteinte, rallumée, éteinte. Le silence s'est établi. Laurence a ri.

– C'est classique chez les sourds. Quand on veut canaliser l'attention d'un groupe dissipé, on éteint la lumière.

Olivier a rallumé et a demandé aux Fournet de se placer pour regarder le spectacle. Le rideau s'est ouvert. Sur la scène, les enfants signaient des petites conversations : « Comment ça va ? » « Ça va bien. » « J'ai mal dormi. » « Je vais partir en voiture. » « Je vais chez le dentiste. » Dix petits sont arrivés déguisés en animaux et les autres signaient en dansant : « poule, chat, éléphant, kangourou, oiseau, grenouille ». Madame Fournet avait pris son bébé sur elle et nous regardions tous ensemble ce ballet silencieux. Antoine, serré contre son père, avait le visage de quelqu'un qui rêve. Le spectacle terminé, les enfants ont demandé à Antoine de monter sur la scène. Il a signé avec eux : « Bonne année 2003 à tous ! » Du fond de la salle, Laurence criait la traduction. À la fin, sur un geste d'Olivier, ils ont signé à peu près tous ensemble : « Merci aux Fournet d'avoir sauvé les taureaux. »

Tout le monde s'est enfin installé. Il y avait monsieur le maire, le manadier et un grand nombre d'élèves d'Olivier. Le repas a commencé. Offert par le club taurin, la mairie et l'association des écologistes. Une merveille !

Il a fallu que je me lève et que je me plante devant la famille Fournet, et là, j'étais trop ému, j'ai oublié mes signes. Laurence est venue à mon secours. J'ai donc dit tout haut que j'offrais à Antoine mon trident de gardian que je n'utilisais plus. Il est venu me faire la bise et s'est saisi du trident, fier comme un pape.

Pendant qu'on dégustait les hors-d'œuvre, ce sont les gardians en tenue de cérémonie, veste de velours noir, chapeau noir, lacet et croix gardiane au cou, qui sont arrivés. Chacun tenait la main d'une jeune Arlésienne, coiffe traditionnelle, robe soyeuse et fichu de dentelle. Et qui marchait derrière eux ? Minus, le cheval de Jeannot, tout propre, tout calme, comme d'habitude.

Jeannot est monté sur la scène, suivi de Laurence, et il a dit :

– Minus est un bon cheval. Nous trions les taureaux ensemble depuis sept ans. Il a douze ans, mais j'ai pris du poids (tout le monde a ri) et j'ai acheté un cheval plus grand pour travailler les taureaux. Je voulais le mettre en gros lot pour le loto de fin d'année du club taurin, mais on a pensé que... enfin, que les Fournet le méritaient. Tant pis ! Pour le loto, vous vous contenterez d'un jambon !

Et puis, se tournant gravement vers les Fournet, toujours traduit par Laurence :

– Nous savons tous ici ce que vous avez risqué pour sauver la vie de nos bêtes. Nous avons tous eu peur pour vous, pour madame Fournet et la petite Mélodie. Comment vous dire notre reconnaissance ? Si la manade avait disparu, ce sont nos traditions qui auraient pu mourir, la joie de notre région. Jamais nous n'oublierons. Tous les gardians vous remercient.

Les gardians ont levé tous ensemble leur trident. Les jeunes filles ont fait une légère révérence. Tous ont porté leur main à leur bouche et l'ont amenée souplement à l'horizontale. Ils signaient, comme une offrande vers la salle, le « merci » des sourds.

Je voyais Antoine signer, signer en tirant la manche de son père. Qu'est-ce qu'il disait ? En voyant arriver Minus, il avait cessé de suivre la traduction de Laurence. Il n'avait pas compris ce qu'avait dit Jeannot et il demandait :

– Pourquoi il est là, le cheval ? Il est invité à la fête ?

Son père lui a répondu :

– Ce cheval est à toi. C'est un cadeau.

J'ai bien compris les signes. Et j'ai vu Antoine devenir tout rouge et filer sous la table. J'ai soulevé discrètement la nappe. Il était par terre, accroupi, le visage dans les mains. Il respirait fort. Il est resté là un petit moment puis je l'ai vu ressortir et se diriger vers le cheval. Il s'avançait, les yeux fixés sur Minus, les bras tendus vers lui, exactement comme s'ils avaient été seuls tous les deux dans un pré immense. Comme si les cinquante personnes autour d'eux n'existaient pas.

Christine Fournet était décontractée à présent, elle a levé sa coupe de champagne vers les gardians endimanchés en rang devant la scène, leur chapeau à la main. Elle s'est levée, la petite Mélodie toujours dans ses bras, ils l'ont aidée à monter, Jeannot a pris le bébé et Christine s'est mise à signer, souriante. Laurence a traduit :

– Je vous remercie pour tout, messieurs et mesdames. Notre joie est grande. Très grande ! Je vous trouve très doués pour la langue des signes. Merci à Olivier, votre professeur ! Quand nous sommes arrivés, en voyant les gens signer, j'ai cru que je rêvais. Avec mon mari, nous imaginions parfois un monde idéal où sourds et entendants discuteraient. Et il existe, ce monde ! C'est notre village !

Tout le monde a applaudi pour faire passer l'émotion. Olivier et Michel Fournet applaudissaient à la façon des sourds, en remuant les mains au-dessus de leur tête. Elle était bien calme, Christine, elle a attendu la fin des applaudissements.

– Maintenant, je vous demande de faire moins de bruit car vous allez réveiller notre petite Mélodie.

Tout le monde était stupéfait. On n'avait même pas pensé à demander si elle était sourde ! Christine Fournet a continué à signer, traduite par Laurence :

– Notre petite fille n'est pas sourde. Pour nous, cela représente une difficulté, mais à présent je ne me fais plus de souci. Elle sera championne de la langue des signes, mais nous pouvons compter sur votre aide pour apprendre à Mélodie le langage de la bouche, non?

Tout le monde s'est levé, a applaudi, a crié «oui! oui!», a tapé sur les tables et, évidemment, la petite s'est mise à pleurer!

L'auteur

«Je suis née en 1948. Après avoir voyagé, pratiqué divers métiers, j'écris des contes, romans, poésies pour les adultes, les enfants, les adolescents. Un jour j'ai découvert le monde et l'histoire des sourds. J'ai voulu partager avec vous cette découverte.»

Du même auteur

Aux éditions Syros :

La Valise oubliée, « Mini Syros Romans », 1996, 2008

Au cinéma Lux, « Tempo+ », 1998, 2007
(Prix Sorcières 1999)

Les Rois de l'horizon, « Tempo+ », 2002, 2011

Taourama et le lagon bleu, « Tempo », 2004, 2011

Chez d'autres éditeurs :

La Petite cinglée, Le Seuil Jeunesse, 2000

La Petite Pierre de Chine, Actes Sud Junior, 2004

Prométhée le révolté, Nathan, 2006

Chats, pitres et compagnie, Gulf Stream, 2007

Un amour sous les bombes, Oskar, 2008

La Pantoufle écossaise, Gallimard, 2009

Germaine Tillon, Oskar, 2010

Un chat de château, Gallimard, 2011

Pesticides, pizzas et petit bébé, Oskar, 2011

L'Ogre bouquiniste, Gallimard, 2012

Des diamants dans le foie gras, Oskar, 2013

Dans la collection
tempo

Cher cousin caché...
Dominique Brisson

Gros sur la tomate
Dominique Brisson

On dirait le Sud
Dominique Brisson

Un petit quelque chose de différent
Éléonore Faucher
(Sélectionné par le ministère de l'Éducation nationale)

L'Échange
Roland Fuentès

Un écrivain à la maison
Roland Fuentès
(Sélectionné par le ministère de l'Éducation nationale)

Un écrivain dans le jardin
Roland Fuentès

Tics olympiques
Roland Fuentès

L'Heure des chats
Myriam Gallot

Le Pays à l'envers
Myriam Gallot

J'habite en bas du ciel
Bruno Gibert

C'était mon oncle !
Yves Grevet

Jacquot et le grand-père indigne
Yves Grevet

Bons Baisers de Kabylie
Achmy Halley

Un arbre pour Marie
Yaël Hassan

Momo, petit prince des Bleuets
Yaël Hassan

Momo des Coquelicots
Yaël Hassan

Des lauriers pour Momo
Yaël Hassan

La Fille qui n'aimait pas les fins
Yaël Hassan
et Matt7ieu Radenac

Deux Mains pour le dire
Didier Jean et Zad

Le Banc
Sandrine Kao

La Roue
Sandrine Kao

Ma mère est une étoile
Marie Leymarie

Mon vaisseau te mènera jeudi sur un nuage
Marcus Malte

Les Champignons de Paris
Hervé Mestron

Le Violoncelle poilu
Hervé Mestron

Un violon dans les jambes
Hervé Mestron

Ski me plaît
Daniel Meynard

Taourama et le lagon bleu
Janine Teisson

tempo+

Un cactus à Versailles
Maïté Bernard

Trois Baisers
Maïté Bernard

La Fille du canal
Thierry Lenain

Un pacte avec le diable
Thierry Lenain

L'Échelle de Glasgow
Marcus Malte

L'Absente
Claire Mazard
(Sélectionné par le ministère de l'Éducation nationale)

Le Cahier rouge
Claire Mazard

Les Ailes de la contrebasse
Hervé Mestron

Enterrement d'une vie de cancre
Hervé Mestron

Soupçons
Hervé Mestron

Au cinéma Lux
Janine Teisson

Écoute mon cœur
Janine Teisson

Les Rois de l'horizon
Janine Teisson
(Sélectionné par le ministère de l'Éducation nationale)

Le Tigre dans la vitrine
Alki Zèi

Loi n° 49 956 du 16 juillet 1949
sur les publications destinées à la jeunesse

Mise en pages : DV Arts Graphiques à La Rochelle
N° d'éditeur : 10205930 – Dépôt légal : août 2013
Imprimé en avril 2014 en France par Jouve, Mayenne - N° 2151740C

MIXTE
Papier issu de sources responsables
FSC® C022030